Bernlef

De onzichtbare jongen

Amsterdam
Em. Querido's Uitgeverij BV
2005

Eerste en tweede druk, 2005

Copyright © 2005 Bernlef
Voor overname kunt u zich wenden tot
Em. Querido's Uitgeverij BV,
Singel 262, 1016 AC Amsterdam.

Omslag TEFF Typography
Omslagfoto Getty Images/TEFF Typography
Foto auteur Chris van Houts

ISBN 90 214 5302 9 / NUR 301
www.boekboek.nl

Het getal is een uitvinding: het komt niet voor in het heelal.

Ernst Jünger

Een handjevol cacaobonen. Je ruikt eraan. Niets. Pas als je de bonen in de koperen beker van de koffiemolen hebt gestrooid, hem tussen je knieën klemt en de gebogen slinger een paar krachtige slagen ronddraait, stijgt uit de gekraakte bonen de geur op, diep en doordringend, bitter en wee. Uit die geur welt iedereen naar boven; Max Veldman met zijn borende blik en zijn windmeter, zijn vader Leo, uitvinder van het Droste-effect en de beroemde slagzin van Blooker, en jijzelf, Wouter van Bakel, hurkend in de startblokken, je blik gericht op het licht trillende finishlint in de verte.

In een flits. Dan is alles voorbij, tijd en ruimte, verwaaid in de wind.

De wind in ons land is grillig, kan van alle kanten komen. Je bevochtigt je rechter wijsvinger en steekt hem in de lucht, alsof je de strak klapperende blauw-witte clubvlaggen van AAC aan weerskanten van de toegang tot de atletiekbaan op het Olympiaplein niet vertrouwt. Zijwind, zuidoost. Maar wie weet draait hij in de loop van de middag nog. Je kijkt omhoog, naar de donkergerande voortzeilende wolken boven de stad. De weersvoorspelling op de radio geeft alleen de windrichting. Maar daarbinnen is nog alles mogelijk, verraderlijke valwinden of plotseling opwervelende grondvlagen van opzij die midden in een wedstrijd op je weg kunnen komen. Dat betekent een tiende seconde langzamer. Elf. Net niet die één tiende seconde sneller die je het rijk zou hebben binnengevoerd van hen die de 100 meter in minder dan elf seconden liepen: Donald Lippincott in 1912 (10,6), Charley Paddock in 1921 (10,4), Chris Berger in 1934 (10,3), Jesse Owens in 1936 (10,2).

Max werd mijn vriend een jaar voor ik met hardlopen begon. We waren alle twee dertien, maar Max, met zijn donkerbruine ogen, zijn hoge voorhoofd, zijn zware zwarte wenkbrauwen en lange vingers die altijd naar houvast leken te zoeken, zag er ouder uit dan ik. Zeker toen hij later een bril moest gaan dragen.

Nee, Max begreep niets van die tiende seconde. Maar van andere dingen begreep hij veel meer dan ik. Dat kwam door al de boeken die hij las. *Natuurkunde in de huiskamer. Kennis is macht.* Hij liet mij een foto van een zandstorm zien. Op de in vale grijstinten afgedrukte afbeelding leek het alsof er een wolk over de grond rolde. 'De Gobiwoestijn tijdens een van de vele zandstormen die daar plegen te woeden.' Zo luidde het onderschrift.

De wind zelf kun je niet zien, zei Max, alleen maar voelen. Wind heeft iets anders nodig om zich te tonen.

Hij vertelde over een man die 's zomers op de hei per fiets achter windhoosjes aanjoeg. Zijn ogen glinsterden. Hij zag dat voor zich alsof hij het zelf was die de windhoosjes achternazat.

Een deel van de wereld is onzichtbaar, zei Max. Maar wel te berekenen, in cijfers uit te drukken, in kaart te brengen. Dat deel interesseerde hem. Hoe je het onzichtbare zichtbaar kon maken door middel van getallen en berekeningen. Zijn ogen straalden vertrouwen in de wetenschap uit. Maar van atletiek begreep hij niets, al werd die activiteit ook in cijfers, in metingen uitgedrukt. Dat zijn alleen maar resultaten achteraf, zei hij met iets van minachting in zijn stem.

Als alles voorbij is. Niet de prestatie zelf.

Toch waren wij heel goede vrienden. Ik heb in mijn leven eigenlijk nooit een betere vriend gehad.

Dit verhaal gaat over beweging en stilstand. Over het punt waar de wereld van Max en de mijne elkaar even raakten. Beweging en stilstand.

Een diepe vriendschap, zoals die alleen tussen jongens op een bepaalde leeftijd kan bestaan, maar grotendeels onuitgesproken; dat spreekt vanzelf.

I

Op 17 augustus 1947 's morgens om tien voor negen betrad Max de zesde klas van de Hoofdwegschool in de Corantijnstraat. Hij bleef vlak achter de openstaande deur van het klaslokaal op de eerste verdieping staan, naast de hoge rieten prullenmand in de hoek. In zijn voor zijn buik gekruiste handen klemde hij een spiksplinternieuwe zwarte schooltas. Hij droeg een mouwloze grijze slip-over op een lichtbruin overhemd en net als alle andere jongens in de klas een korte broek. Die van hem was van donkerblauw ribfluweel. Hij probeerde onze nieuwsgierige blikken te ontwijken en kneep zijn ogen tot spleetjes. Zo nu en dan beet hij even op zijn volle onderlip. De meisjes in de raamrij giechelden, de twee jongensrijen probeerden hem de maat te nemen. Iets voor het schoolelftal? Een heilig boontje? Of een jongen die in het speelkwartier direct de baas zou proberen te spelen? Dat zouden wij in dat geval niet toestaan. Hij kwam niet uit Amsterdam, dat kon je zien, al wist je niet precies waaraan. Dat voelde je gewoon.

Meester Waas kwam de klas binnen, gejaagd als altijd, zijn achterovergekamde dunne bruine haar nog nat. Iedere ochtend trok hij tien baantjes in het Sportfondsenbad West achter de Jan Evertsenstraat. Hij gooide zijn op de hoeken versleten bruine aktetas met een harde klap op tafel en riep de nieuwe jongen met een gebiedend handgebaar bij zich op het podium. Toen hoorden we voor het eerst zijn naam. Natuurlijk moesten de meiden weer giechelen, maar wat viel er nu te lachen om zo'n doodnormale naam als Max. Max Veldman.

Meester Waas vertelde dat Max uit Haarlem kwam. Kies maar een plaats achter in de klas, zei hij. Max liet zijn schooltas zakken en liep naar de achterste bank in de middelste rij. Iedereen draaide zich om als om het wonder te aanschouwen. Hoe een jongen uit Haarlem in een Amsterdamse schoolbank ging zitten. Max legde zijn zwarte schooltas op het tafelblad, haalde er een schrift en een rood pennenetui uit. Daarna zette hij de tas naast zich in de bank. Toen hij dat gedaan had, met precieze, zorgvuldige bewegingen, legde hij zijn handen over elkaar op het met inkt bevlekte schrijfblad en keek naar de lege plaats naast zich.

Meester Waas riep mij naar voren en gaf me een rekenboek. 'Geef dat eens aan Max.'

'Dank je.'

Max had een zachte, bijna fluisterende stem. Misschien praatte hij zo zacht omdat hij zenuwachtig was. Weer giechelden de meisjes. Door de hoge klassenramen, met houten spijltjes in rechthoeken verdeeld, zag ik de bladeren van de kastanjeboom op het schoolplein traag bewegen.

De rekenles begon. Het krijtje van meester Waas schraapte over het zwarte bord. Hard en woedend klonk dat gekras. Maar zijn gezicht met de brede kaken bleef er vriendelijk bij kijken. We bogen ons over onze schriften en schreven de rekenopgave over. Nog één keer draaide ik me snel om. De jongen die Max heette tuurde met samengeknepen ogen naar het bord.

In het speelkwartier liet de hele klas hem links liggen. De meisjes met hun witte strikken of opwippende stijve vlechten waren aan het springen op hun vaste plek in een hoek van het schoolplein; wij jongens deden bok bok berrie tegen een muur. Max stond tegen de kastanjeboom in het midden van het plein geleund en keek naar ons, zijn handen in zijn zakken. Niemand ging naar hem toe. Hij moest eerst zijn plaats veroveren. Zo nu en dan staarde hij naar de hemel boven zijn hoofd, naar de langzaam voortzeilende uitgerekte wolkenslierten in het blauw.

Rechtshoudend op de trap liepen we om vier uur onder het toeziend oog van meester Waas naar beneden. Bovenmeester Muilwijk met zijn martiale snor, die eraan herinnerde dat hij ooit sergeant was geweest, stond naast de deur en monsterde onze kleding. Soms haalde hij een jongen uit de rij die met een slip van zijn hemd uit zijn broek liep. Je vlagt, riep hij dan triomfantelijk wijzend, terwijl de betrapte jongen het hemd haastig in zijn broek terugpropte.

De jongen uit Haarlem liep voor mij, licht schommelend, zijn schooltas in zijn linkerhand. Hij ging mijn kant op, maar bij de Curaçaostraat sloeg hij linksaf. Eigenlijk moest ik rechtdoor tot aan de Postjeskade. Daar woonde ik. Ik volgde hem op veilige afstand de Curaçaostraat in. In het midden lag een plantsoen met lage rozenstruiken. Ergens uit een open raam klonk het geluid van een radio. Ik hoorde dat Max de melodie mee floot. Ook ik begon te fluiten. Max bleef staan en draaide zich om. Treuzelend liep ik op hem af.

'Ken je dat liedje?' vroeg ik.

'Nee,' zei hij.

'Ik ook niet. Het kwam ergens uit een radio.'

Ik liep naast hem verder zonder nog iets te zeggen. Ik zag dat hij een loper in zijn hand hield. Zelf had ik geen sleutel van ons huis, zelfs geen loper om de buitendeur mee los te maken.

'Is je moeder niet thuis?' vroeg ik.

'Mijn moeder woont niet thuis,' zei Max.

Ik durfde hem niet aan te kijken. Toch moest ik iets zeggen.

'En je vader?'

'Die werkt.'

Weer zwegen we. Bij de Arubastraat vertraagde hij zijn pas. Voor een van de bruine afgetrapte buitendeuren bleef hij staan.

'En wat doet jouw vader?' Hij had zijn schooltas in het portiek gezet.

'Mijn vader werkt ook,' zei ik. Het klonk nogal dom en daarom voegde ik er haastig aan toe: 'Op het stadhuis; ze hebben daar een paternosterlift.'

Max knikte. Hij scheen te weten wat dat was, een paternosterlift.

'Ik woon hier achter,' zei ik. 'Op de Postjeskade. Ik heet Wouter.'

De nieuwe jongen pakte zijn tas en maakte de deur los met zijn loper. Hij draaide zich niet meer om. Ik liep door. Max, een jongen die uit Haarlem kwam, de stad waar mijn grootvader en grootmoeder woonden. Thuis zat mijn moeder met de thee te wachten. Toen ik voor de deur stond hoorde ik haar door het open raam boven mij piano spelen. Ik belde aan, het pianospel hield op. In het weiland achter mij loeide een koe. Je kon horen dat die gemolken wilde worden. Je woont hier in de stad en tegelijk buiten, placht mijn vader met een tevreden gezicht te zeggen.

Iedere dag besloot meester Waas de middagles met een half uur hoofdrekenen. De klas bracht er niet veel van terecht en dat was precies de reden dat meester er elke dag weer op terugkwam. Hij liep tussen de banken heen en weer en las uit een boek een vermenigvuldiging of een deling op. De meeste kinderen keken ingespannen naar het plafond. Je kon zien dat ze niet rekenden, alleen maar wachtten tot het half uurtje voorbij zou zijn in de hoop geen beurt te krijgen. Komkom, riep meester Waas en sloeg ongeduldig met zijn vlakke hand op de voorste bank voor hij het podium weer op stapte en ons demonstratief van achter zijn tafel aankeek. Niemand? Achter mij hoorde ik een zacht gemompel.

'Zei je iets, Max?'

Max gaf het juiste antwoord. En daarna nog een en nog een. Snel en schijnbaar zonder erover na te denken. Som na som. Nonchalant bijna.

'Heel goed,' zei meester Waas. 'Heel goed. Waar heb je dat geleerd?'

Iedereen keek naar Max. Hij kreeg een kleur.

'Weet niet,' zei hij. 'Zomaar.'

Die middag liep ik niet met hem op naar huis. Max was een uitslover, een heilig boontje dat zo nodig een wit voetje bij de meester moest halen.

Op een woensdagmiddag kwam Max na school naast mij lopen en vroeg of ik met hem mee naar huis ging.

'Ik weet niet,' zei ik. 'Ik ga denk ik voetballen op het landje.'

Hij keek mij bedroefd aan, zijn bovenlip trilde. Hij wreef door zijn zwarte haar; de scheiding raakte in de war.

'Dan krijg je een reep,' zei hij. 'Of twee. Melk en puur. En ik kan je een film laten zien.'

Hij loog. Film kon je alleen in een bioscoop zien, in de Cineac in de Reguliersbreestraat of op het Damrak.

'Dat kan niet,' zei ik, 'film kun je niet thuis zien.'

'Bij mij wel,' zei hij. 'Kom maar mee.'

Hij maakte met zijn loper de voordeur los en liep de trap naar de eerste verdieping op. Op de trap rook het naar petroleum. Op de overloop herkende ik de tekening van de hertjes die ook bij ons thuis aan de muur hing. Met een lipssleutel opende hij de deur. Achter hem liep ik het halletje in. Aan de kapstok hing een lange beige regenjas, op het verchroomde rek erboven lag een glimmende zwarte hoed. Zou zijn vader thuis zijn? Toen ik de huiskamer binnenging rook ik de geur voor het eerst. Ik snoof.

'Mijn vader werkt bij Blooker,' zei Max. 'Die cacaofabriek aan de Amstel.'

Ik knikte. De Amstel, zover was ik nog nooit geweest. Hij liep naar een ingebouwde kast met glazen ruitjes in een hoek van de huiskamer, deed het deurtje open en pakte een reep van een stapeltje.

'Hier,' zei hij. 'Je mag zoveel chocola eten als je wilt. Het is gratis.'

Zelf nam hij geen reep. Voor hem was dat natuurlijk heel gewoon. Ik trok de papieren wikkel terug en zette mijn tanden in de dunne melkreep. Max stond met zijn rug naar mij toe voor het raam. Hij keek de Arubastraat in. Ik ging naast hem staan.

'Daar heb ik op de kleuterschool gezeten,' zei ik en wees op het lage schoolgebouw links in de straat. Ertegenover stonden villa's waar altijd oude mensen voor het raam stonden die naar ons wuifden als wij door onze moeders naar school werden gebracht. Max zweeg.

'In de oorlog zaten er moffen,' ging ik verder. 'En toen de

oorlog afgelopen was heb ik daar een geweer gevonden.' Ik vertelde er niet bij dat een man op een fiets met houten banden was afgestapt toen hij mij over straat zag lopen, het geweer aan de loop achter me aan slepend, en het mij met een ruw gebaar afhandig had gemaakt.

'Ze hadden alles op hun vlucht achtergelaten.' Het klonk stijf, als een zin uit een boek.

'Mijn moeder is met een Canadees meegegaan,' zei Max. Hij keek nog steeds de stille straat in. Voor een van de villa's stond een lage zwarte Citroën geparkeerd. Eigenlijk waren het geen villa's, maar twee-onder-een-kaphuizen van twee verdiepingen met een dak van rode pannen.

'Ga je met vakantie naar haar toe?'

Max keek mij aan alsof ik iets heel stoms had gezegd.

'Dat kan niet,' zei hij. Hij keek de huiskamer rond alsof hij hier net als ik voor de eerste keer was. In de kamer en suite stond een eettafel met een Perzisch kleed erover. De vier zware stoelen met hun gifgroen opbollende zittingen waren strak tegen de tafelrand geschoven. Op het dressoir erachter stond een grote donkerrode bus van Droste-cacao, de bus met de in een zwart-wit uniform gestoken verpleegster die een dienblad in haar handen houdt waarop een identieke bus stond met weer die verpleegster, alleen kleiner nu, en dan nog eens en nog eens, steeds kleiner om tenslotte in de oneindigheid te verdwijnen. Je moest er niet te veel naar kijken, dan werd je duizelig. Max zag dat ik naar de bus keek.

'Die heeft mijn vader bedacht toen we nog in Haarlem woonden. Mijn vader is uitvinder.'

Ik knikte. Was die zich steeds verder verkleinende Droste-verpleegster een uitvinding?

Max liep naar de bus, pakte hem van het dressoir en zette hem op tafel.

'Er komt een moment dat je haar niet langer kunt zien. Daar verdwijnt ze in je hoofd. Wat te klein wordt om te zien kun je in je hoofd verder verkleinen. Steeds kleiner.'

'Tot ze onzichtbaar is,' zei ik enthousiast.

'Nee,' zei Max. 'Dat niet. Er komt gewoon nooit een eind aan kleiner.'

Ik wist niet wat ik terug moest zeggen. Ik keek Max aan, afwachtend. Zijn ogen leken meer te zien dan de mijne. Ik voelde een soort angstig ontzag voor hem. Eigenlijk wilde ik weg.

'We gaan naar boven,' zei hij opeens resoluut. 'Ik heb mijn kamer op zolder.'

Zelf sliep ik met mijn broertje Peter op één kamer.

We stommelden door het trappenhuis naar de zolderverdieping. Het draadglas van het daklicht zat vol donkere vegen vogelpoep. Max haalde een sleutel tevoorschijn – behalve de loper en de lipssleutel had hij nog twee sleutels aan een sleutelring – en maakte de deur van zijn zolderkamer open.

Het was een lang en smal vertrek met drie ramen die over een platje uitkeken op de balkons van de huizen in de Van Walbeeckstraat. Her en der hing wasgoed aan de lijn. Een vrouw met een sjaaltje om haar hoofd gebonden stond gebukt kolen uit een kolenhok in een kit te scheppen. Thuis was dat mijn taak. De eierkolen verspreidden een lichte gaslucht als je ze van je schep in de kit liet rollen.

Tegen de lange muur stond een opklapbed in een roomwit geschilderde ombouw. Het bed was opgeklapt, de dekens en het matras werden door twee rubberen riemen met haken rond de ijzeren bedrand op hun plaats gehouden. Tegen de smalle achterwand stond een keukentafeltje met een houten stoel ervoor. Max pakte een lichtblauw geschilderd blikken apparaat van de ombouw, zette het op het tafeltje en gebaarde mij te gaan zitten. Daarna trok hij de halflange gele gordijnen dicht. Het licht werd schemerig. In het apparaat zat een dunne houten spoel met een spleet in het midden. Uit een kartonnen doosje haalde hij een filmrolletje tevoorschijn, schoof het op de spoel en trok het uiteinde van het filmpje over twee tandwieltjes waar de perforatiegaatjes aan weerskanten van het filmpje precies in pasten, voerde het achter langs de lens en bevestigde het toen in de gleuf van een tweede spoel aan de voorkant. Hij draaide het apparaat met zijn lens naar de muur en maakte toen de achterkant open. Daar stond een kaars, die hij met een lucifer aanstak. Hij had van alles, Max; eigen sleutels, lucifers, een kaars. Toen de kaars brandde viel er een ronde zacht bibberende lichtplek op de muur boven de keukentafel. Max ging naast het apparaat staan en pakte de slinger aan de zijkant vast. Langzaam begon hij te draaien. Eerst verschenen er een kort ogenblik wild dansende zwarte strepen in de lichtcirkel op de muur, toen zag ik een in een roodwit gestreept turnpak gekleed mannetje tussen de leggers van een brug zijn benen almaar hoger opzwaaien tot hij een handstand op de leggers maakte. Een ogenblik stond hij daar doodstil met gesloten benen op zijn kop. Max hield op met draaien.

'Doorgaan,' zei ik, 'doorgaan.' Max draaide door tot het filmpje was afgelopen. Toen draaide hij de slinger de andere kant op. Vanuit de handstand stortte het roodwitte mannetje tussen de leggers naar beneden en vloog achterwaarts tussen de leggers uit tot hij zich oprichtend kaarsrecht voor de brug stond, zijn armen stijf tegen zijn lijf gedrukt. Ik moest erom lachen. Maar Max bleef ernstig kijken, alsof hij een wetenschappelijk experiment uitvoerde.

'Zestien beeldjes per seconde,' zei hij. 'Dan ziet het er natuurlijk uit. Maar je kunt hem ook sneller afdraaien of heel langzaam.' Hij demonstreerde zijn betoog door de slinger langzamer en dan weer sneller te bewegen.

'Ik heb er maar een,' zei hij. 'Ik had nog een filmpje van een leeuw die een antilope achtervolgt, maar dat is in de fik gevlogen.' Zijn stem klonk hees en geknepen. Hij blies de kaars achter in het apparaat uit, trok de gordijnen aan hun ritselende houten ringen open en leunde toen zwaar tegen de ombouw van zijn opklapbed.

'Als je de tijd kon vertragen zou je heel lang kind blijven. Of versnellen, zodat je binnen vijf minuten een oude man was en morsdood.'

Ik lachte. 'Dat kan niet.'

Max knikte. 'Wel,' zei hij. 'Misschien zou je een machine kunnen bouwen waarmee je de tijd kan versnellen of vertragen. Ik heb er eens een boek over gelezen. Iemand die naar de toekomst kon reizen.'

Ik probeerde het me voor te stellen. 'Is dat in een land?' vroeg ik.

'Nee. Je blijft op dezelfde plek maar dan twintig of dertig jaar later. Alles is veranderd. Je herkent niets meer. Je ouders zijn dood. Hele huizenblokken zijn verdwenen. Net als bij een bombardement.'

Hoe wist Max dat allemaal? Misschien had hij het van zijn vader geleerd, die immers uitvinder was.

'Zestien beeldjes,' zei hij, 'geen vijftien of zeventien. Wist jij dat er spieren zijn die tot taak hebben je lichaam stil te houden? Als daar iets aan mankeert, zoals bij oude mensen, begin je te beven.'

'Heb je dat uit een boek?' vroeg ik.

Max gaf geen antwoord.

'Kom, we gaan naar beneden.'

Ik stond voor het raam en keek naar de rij wit geschilderde houten balkons aan de overkant. Er stond niemand. Alle keukendeuren waren dicht.

'Maar hoe kom je dan uit de toekomst terug?' vroeg ik, achter hem over de trap naar beneden lopend.

'Dat doet de tijdmachine,' zei Max. 'Alleen, je weet er later niets meer van. Je kunt je de toekomst niet herinneren.'

'Wat heb je er dan aan?'

'Je moet niet zoveel vragen jij.'

Ik zei dat ik naar huis moest. In werkelijkheid wilde ik naar het landje op het Surinameplein om te kijken of er nog jongens waren om mee te voetballen. Ik moest in training blijven voor het schoolelftal al had ik geen kiksen. Misschien juist daarom.

'Tot morgen,' zei ik.

Max stak me zijn hand toe. Een bleke, wat klamme hand.

Max beweerde dingen die ik me moeilijk kon voorstellen. Dat er beweging voor nodig was om iets stil te houden. Terwijl ik naar het landje liep keek ik naar mijn uitgestoken rechterhand. Nergens in mijn lichaam voelde ik iets bewegen dat die hand daar voor mij stil in de lucht hield. Ik wilde er niet langer aan denken en versnelde mijn pas. Op de hoek van de Curaçaostraat bleef ik voor de etalage van de kruidenierswinkel van De Gruyter met zijn tegeltableaus van koloniale taferelen staan en tuurde in de richting van het landje op het Surinameplein. Nog niet zo lang geleden had daar een Duits kampement gestaan waar we als jongens na schooltijd rondhingen, al was dat ons door onze ouders ten strengste verboden. De soldaten waren net zo oud of jonger nog dan onze eigen vaders. Ze spraken Duits en sommigen kenden zelfs een paar woorden Hollands. Soms mochten we boodschappen voor ze doen. Dan kregen we geld, de oudere jongens een sigaret die ze al hoestend hoog in een van de portieken oprookten. We vonden het jammer toen de soldaten op een dag vertrokken en het kampement gesloopt werd.

Op het landje waren geen jongens die ik kende, alleen Sjakie Visser met zijn dunne beentjes en afgezakte kousen, de dribbelaar van het schoolelftal.

'Zo Karel Knal,' zei hij, 'waar kom jij vandaan?'

'Ik was bij Max, die nieuwe uit Haarlem. Hij heeft een filmtoestel.'

Sjakie leek niet geïnteresseerd. 'Je kunt met hun meedoen,' zei hij, op een paar blonde jongens met opgeschoren haar en korstige knieën wijzend. De ene klemde een drietje onder zijn kiks tegen de grond.

In het schoolelftal was ik linkshalf. Mijn bijnaam had ik te danken aan de rijglaarzen die ik in plaats van kiksen droeg. Ik had vaak genoeg om kiksen gezeurd, maar mijn vader vond dat geldverspilling. Die oude laarzen van hem gingen net zo goed. Maar de rijglaarzen waren mij minstens twee maten te groot zodat ik de neuzen vol krantenproppen moest stoppen, die niet konden verhinderen dat de punten in de loop van het jaar omhoog waren gaan staan, waardoor de bal, als ik hem al raakte, als een vuurpijl de lucht in schoot. Dan lachten Sjakie en de anderen. Karel Knal, riepen ze, daar heb je Karel Knal weer.

Karel Knal was de hoofdpersoon uit een jongensboek van Kick Geudeker met plaatjes van Bob Uschi die ook sportkarikaturen in *Het Vrije Volk* tekende, die ik uitknipte en in een schrift plakte. *Karel Knal en de wonderschoenen*. Het verhaal ging niet over een voetballer, maar over een miezerig mannetje dat op een regenachtige dag, toen zijn schoenen lekten, bij een pandjesbaas een paar rijglaarzen had aangeschaft dat een magische kracht bleek te bezitten. Zo gauw hij de laarzen aantrok liep hij iedereen voorbij, al was hij nog zo'n iel kereltje om te zien. Binnen de kortste keren werd hij een wereldberoemd hardloper. Ik werd door de andere jongens dan ook niet gewaardeerd om mijn baltechniek, maar om mijn snelheid. Als ik erin slaagde de bal aan de voet te houden, was ik in minder dan geen tijd aan de andere kant van het veld voor het doel van de tegenstander. De andere aanvallers kwamen daar steevast te laat aan zodat ik de bal weer moest terugspelen, want zelf op doel schieten durfde ik niet. Maar meestal was ik de bal kwijt zo gauw een jongen van de tegenpartij op mij afstoof.

Mijn vader kwam wel eens, samen met een collega van het stadhuis, naar de zaterdagse wedstrijden van ons schoolelftal kijken op een voetbalveld bij het dorp Sloten. De collega heette Koen, had een langgerekt gezicht en een harde lach. Hij riep mij schallend goedbedoelde aanmoedigingen toe. 'Aanvallen, Wouter, niet bang zijn. Jammer, jammer.' Doodzenuwachtig werd ik van zijn geschreeuw. Mijn vader zei nooit iets. Na de wedstrijd hoorde ik Koen tegen mijn vader zeggen: 'Hij loopt als een kievit, die jongen van jou. Nu de bal nog.'

De vader van Cor Lewis was onze trainer. Hij was rechercheur, wat betekende dat hij als politieman in burger liep. Je moet naar de bal kijken, zei hij steeds tegen mij, niet voor je uit, maar naar de bal. Het grootste deel van een wedstrijd stond ik toe te kijken hoe andere jongens pingelden en Flip van Hensbergen tussen een wirwar van wild schoppende benen de bal weer eens in het doel werkte. In het schooltoernooi waren wij al tot de vijfde ronde doorgedrongen en vlak voor het eind van het seizoen werden we zelfs schoolkampioen van Amsterdam-West. Mijn vader stond langs de kant te juichen. Veertien dagen daarna kreeg ik mijn zo felbegeerde, naar leervet geurende kiksen.

Max was de enige die niet juichte. Het was alsof onze overwinning niet tot hem doordrong. Jopie de Boer, onze keeper en aanvoerder, zijn keeperspet achterstevoren op zijn hoofd, gaf Max een por, maar nog steeds reageerde hij niet. Hij leek de hemel af te zoeken naar vliegtuigen. Jopie haalde zijn schouders op. We liepen achter hem aan naar de kantine, een lage groen geschilderde houten barak naast de ingang van het sportpark. In een hoek van de keet zaten de verslagen jongens van de Groen van Prinstererschool zwijgend naast elkaar op een bank naar de grond te staren, terwijl wij om meneer Lewis heen dromden om het kogelflesje en de reep chocola in ontvangst te nemen die ons bij een overwinning in het vooruitzicht waren gesteld. Op een tafeltje naast de deur stond de zilverkleurige beker, die uitgereikt werd door een dikke man met een glimmende kin en rode konen. Hij hield een toespraak waar wij niet naar luisterden. Iets over het nut van sport voor onze lichamelijke en geestelijke opvoeding. Max was toen al naar huis gefietst. Wij misten hem niet. Maar Jopie de Boer, zoon van de groenteboer in de Paramaribostraat, was hem niet vergeten. De volgende dag werd Max in het speelkwartier gejonast. Zijn ogen puilden van angst uit hun kassen toen hij de lucht in werd gegooid. Ik deed ook mee en begreep niet waarom ik me schaamde. Tenslotte lieten we hem vooreover op de tegels van het schoolplein vallen. Met twee bebloede knieën vluchtte Max huilend naar binnen. Wat een zeikerd, zei iemand. Hij grient als een meid, zei een ander. Zelf zei ik niets. In de klas keek ik besmuikt naar achteren. Op iedere knie had Max een pleister zitten. Een veeg snot was op zijn wang tot een dun korstje opgedroogd. Meester Waas met zijn vooruitstekende kin moest alles gezien hebben, maar kwam er niet op terug. Bij het hoofdrekenen aan het eind van de dag sloeg hij Max over.

Toen we langs de bovenmeester naar buiten liepen, zag ik dat Jopie achter Max aan ging. Max zag het ook. Hij draaide zich om en zette het op een lopen. Jopie rende achter hem aan en wij volgden, een joelende kudde. Max had een flinke voorsprong en verdween om de hoek van de Van Walbeeckstraat. Hij had zo'n scherpe bocht genomen dat hij in zijn vaart een buiten staande krat aardappelen voor een groentewinkel had omgegooid. De kale groenteboer stoof naar buiten. Rotjongens, riep hij, maar wij waren tussen de stukgetrapte aardappels de hoek al om. Dat wil zeggen, toen wij de hoek om stormden, lag Jopie de Boer daar op straat met gespreide benen en een bloedende neus. Max stond er een beetje beteuterd naast. Hoe had hij hem dat geflikt? Jopie wreef met de rug van zijn hand langs zijn neus en likte het bloed van zijn hand. Hij kwam overeind en liep met gebogen hoofd weg. Toen Max aanstalten maakte om naar huis te gaan, weken wij vol ontzag uiteen. Hoe had hij hem dat geflikt? Jopie was de vechtersbaas van de klas. Niemand durfde hem aan. Ik zette het op een holletje en ging naast Max lopen.

'Heel eenvoudig,' zei hij met een schuw lachje. 'Je maakt gebruik van de snelheid en de kracht van de ander. Ik hoefde alleen maar mijn vuist uit te steken toen hij de hoek om kwam.' Dommekracht tegenover boerenslimheid. Vol ontzag knikte ik.

'Je mag wel met mij mee naar huis,' zei ik. 'Als je wilt tenminste. Mijn moeder zet thee.'

'Graag,' zei Max en tikte mij even licht op mijn schouder.

'Dit is Max,' zei ik tegen mijn moeder terwijl ze goedkeurend naar Max knikte.

'Jullie willen zeker wel een kop thee.'

We gingen aan de huiskamertafel voor het raam zitten. Ik keek naar de weilanden, de Boerenwetering en de witgekalkte tuinderskassen erachter. Nu Max bij mij thuis was, wist ik opeens niet wat we hier moesten doen. Ik had geen eigen kamer, zoals hij. Misschien maar zo gauw mogelijk naar buiten. Max keek naar de zwarte piano tegen de muur. Op de standaard stond een opengeslagen muziekalbum.

'Wij hadden vroeger ook een piano,' zei Max.

Mijn moeder, die net met de thee binnenkwam, hoorde wat Max zei.

'Zo,' zei ze, 'speel jij ook piano?'

'Nee, mevrouw,' zei Max. 'Mijn moeder.'

Zijn moeder was er met een Canadees vandoor. Daar bestond een liedje over dat wel eens op de radio was, 'Trees heeft een Canadees'.

Ik keek naar mijn moeder, hoe ze de kopjes een voor een van het blad tilde en op tafel zette. Op een zilveren schaaltje lagen wat chocoladeflikken.

'Een chocolaatje?' Ze hield Max uitnodigend het schaaltje voor. Max schudde zijn hoofd. Ik zag dat hij een kleur kreeg.

'Zijn vader werkt op een chocoladefabriek.'

Mijn moeder begon te lachen. 'Ik begrijp het,' zei ze. 'Een banketbakker eet ook niet graag zijn eigen taartjes.'

Mijn moeder droeg een citroengele jurk met pofmouwen. Ze had een gezicht dat mij altijd geruststelde. Zacht en vriendelijk. Vol geduld. Zij zou er altijd zijn. Ik kreeg opeens medelijden met Max.

Een ogenblik zaten wij zwijgend om de tafel en dronken

voorzichtig slurpend van onze thee. De rand van de kopjes was van flinterdun porselein. Als je je tanden erin zette zou hij zo afbreken.

'Zal ik iets voor je spelen?' vroeg ze. 'Ik weet niet of ik zo goed speel als je moeder, hoor.'

Hield ze nou maar eens op over Max' moeder. Maar ik kon niets zeggen. Een moeder die van huis was weggelopen was iets om je voor te schamen.

'Mijn moeder had pas een jaar les.' Onder tafel gaf ik Max een schop. Zo zou hij zich toch nog verraden. Maar mijn moeder reageerde niet, stond op en ging op de pianokruk zitten. Ze zette een polonaise van Chopin in. Die speelde ze dikwijls. Ik had hem zo vaak gehoord dat ik hem mee had kunnen fluiten. Max stond op en liep naar de piano. Hij steunde met een hand op de klankkast en keek naar de bewegende vingers van mijn moeder, die glimlachend naar hem opkeek.

'Ik zou het misschien wel uit mijn hoofd kunnen,' zei ze al spelend, 'maar dat durf ik toch niet goed.'

Toen het stuk uit was, stond ze op en veegde haar vingers aan haar jurk af.

'Zo,' zei ze, 'en gaan jullie nu maar spelen.'

Misschien dat Max dat verkeerd begreep. Plotseling zat hij achter de piano en speelde de polonaise die mijn moeder zonet gespeeld had, foutloos, zijn hoofd schuin en zijn ogen tot spleetjes geknepen. Mijn moeder bleef met het blad met lege theekopjes als aan de grond genageld staan.

'Je hebt me mooi voor de mal gehouden,' zei ze toen, lachend haar hoofd schuddend. 'Je kunt heel goed spelen. En nog wel uit je hoofd. Knap, hoor. Hoe lang zit je al op les?'

Max haalde zijn vingers van de toetsen.

'Ik heb nooit les gehad, mevrouw,' zei hij.

Mijn moeder stond nog steeds met het dienblad in haar handen.

'Hoe bedoel je,' zei ze, 'ik ben bang dat ik je niet begrijp.'

Ik begreep ook niet wat Max bedoelde. Maar voor hem scheen het vanzelfsprekend te zijn. Ik staarde hem aan. Hij kon dingen die gewone mensen niet konden. Hij was de zoon van een uitvinder.

Max stond op. Hij hield zijn handen op zijn rug alsof hij zich schaamde voor wat die zojuist hadden aangericht.

'Ik hoor het,' zei hij. 'En dan kan ik het spelen. Dat is alles.'

'Maar dat is toch heel bijzonder?' zei mijn moeder. 'Heel bijzonder. Een absoluut gehoor. Je zou les moeten nemen. Dan zou je nog veel beter kunnen leren spelen. Met nog meer gevoel.'

Max knikte. Ik zag aan zijn gezicht dat hij er verder niet over wilde of kon praten. Misschien tegen mij, later, als we buiten waren.

'Kom,' zei ik, 'laten we op straat gaan.'

We staken het hobbelige landje voor de deur over en liepen over een met zwarte sintels belegde dam in een sloot het weiland op, waar een eindje van ons vandaan twee paarden, een bruin en een zwart, te grazen stonden. Aan die slootkant had ik vlak na de oorlog een koffer gevonden met Duitse boeken over de oorlog. Ik had er een paar mee naar huis genomen. Ik herinnerde me speciaal één foto: oprukkende tanks in een korenveld, de kanonslopen net uitstekend boven de hoge halmen. Juist door de rust van dat korenveld ging er een enorme dreiging van het beeld uit. Toen mijn vader die boeken vond had hij ze met een van woede verwrongen gezicht in de vuilnisbak gegooid.

'Hoe doe je dat met die piano?' vroeg ik Max. 'Is het een truc of zo?'

Max bleef staan. Hij tikte met een vinger tegen zijn rechterslaap.

'Het zit hier,' zei hij. 'Het is net als met hoofdrekenen. Ik zie de cijfers voor me. Toen ik achter die piano zat wist ik welke noten ik moest spelen. Naar de eerste noot moet ik altijd even zoeken, maar daarna gaat de rest vanzelf. Muziek is ook rekenen. Voor het grootste deel. Vaste afstanden tussen de toetsen. Dat kun je voelen en zien. Muziek zit logisch in elkaar. Zomaar geluiden kan ik niet onthouden, maar als ze met elkaar in verband staan heb ik er geen moeite mee. Dan zit het gelijk in mijn handen.'

Ik knikte zwijgend. Misschien was hij net als zijn vader een uitvinder. Zoiets moest het zijn. Misschien was zoiets erfelijk.

Meester Waas was een groot voetballiefhebber. Om de week ging hij naar het Olympisch Stadion. 's Maandagsochtends bracht hij dan het programma mee waar de opstellingen van de twee elftallen in stonden die die zondag tegen elkaar waren uitgekomen, met soms een fotootje van een van de spelers van Blauw-Wit, de club die het Olympisch Stadion als 'thuisbasis' had, zoals meester het noemde. Zo kwam ik op het idee om op zondagmiddagen, als Blauw-Wit thuis speelde, naar het Olympisch Stadion te gaan. Als de wedstrijd afgelopen was en het publiek, meest mannen in regenjassen en met donkere hoeden op, door de hekken naar buiten dromde, wrong ik me tegen de loop in naar binnen en zocht in de omgang rond de betonnen trappen die naar de hoger gelegen tribunes leidden naar weggegooide programma's.

Het was maar een half uur lopen van mijn huis naar het stadion, maar toch ervoer ik die tocht iedere keer opnieuw als een expeditie. Je kwam in die tijd meestal je buurt niet uit. Alleen als je met je moeder kleren moest kopen in de omgeving van de Dam ging je 'de stad in', zoals mijn vader het uitdrukte.

Max gaf niet om voetbal. Ongeïnteresseerd bladerde hij door het pak voetbalprogramma's dat ik verzameld had. De namen van Kootje Bergman, Herman van Raalte of Piet Altink zeiden hem niets.

Het mooiste was natuurlijk als je zelf naar een wedstrijd kon en dan ook nog geld had om een programma te kopen van een van de binnen de hekken colporterende programmaverkopers. Officieel programma, riepen ze met luide stem, een blauw-witte band om hun bovenarm. Officieel programma met alle opstellingen. Maar meestal had ik het dubbeltje zakgeld dat ik kreeg aan het eind van de week al uitgegeven aan een puntzakje zwart-wit of een paar stokjes zoethout uit het snoepwinkeltje tegenover school.

Mijn vader was wel geïnteresseerd in voetbal, zondagsmiddags luisterde hij altijd naar de uitslagen op de radiodistributie, maar om zelf naar een wedstrijd te gaan kwam kennelijk niet in hem op. Tot hij op een dag in *Het Vrije Volk* las dat Blauw-Wit zou aantreden tegen een Chinese voetbalploeg uit Hongkong, sc Sing Tao. Daar wilde hij wel heen. Als ze net zo goed kunnen voetballen als pinda's verkopen, zei hij lachend tegen mijn moeder. Ik mocht met hem mee en als mijn vriendje Max soms zin had, was hij hierbij van harte uitgenodigd. Dat wilde Max wel. De zondag was de saaiste dag van de week. Je moest je goeie goed aan, het was doodstil op straat en van alle kanten klonk het gebeier van kerkklokken. Toen Max bij ons aanbelde liet hij mij een kompas zien dat van zijn vader was, uit de tijd dat die bij de padvinderij had gezeten. Hij had het stiekem uit zijn bureau weggenomen. Je weet nooit of we niet onderweg verdwalen, zei hij.

Mijn vader moest er smakelijk om lachen.

'Verlaat je maar op mij,' zei hij. 'Ik ben wel nooit padvinder geweest, maar de weg in de stad vinden kan ik als geen ander.'

Op de Amstelveenseweg werd het steeds drukker met dichte drommen mannen die soms tot op de rijweg liepen. Zo nu en dan kwam lijn 1 luid rinkelend voorbij. De open achterbalkons puilden uit van de naar de voetgangers zwaaiende en schreeuwende voetballiefhebbers.

Toen we eindelijk voorbij de kaartjesloketten waren en mijn vader een programma had gekocht, liepen we binnen de hekken naar het vak dat op het kaartje stond aangegeven. We beklommen de betonnen trap tot we knipperend tegen het zonlicht op de staantribune kwamen. Max keek vol ontzag het stadion rond, vooral naar de glooiende wielerbaan met zijn hoog oplopende bochten.

Het voetbalveld lag leeg en groen in het midden. Het stadion was maar voor de helft gevuld toen de wedstrijd begon. De Chinezen waren een kop kleiner dan de spelers van Blauw-Wit. Ze hadden allemaal pikzwart glanzend haar en bewogen zich onwennig over het veld, alsof het te groot voor ze was. Binnen een kwartier stonden die Chinese mannetjes al met 3-0 achter. Nee, pinda's verkopen voor de ingang van de Cineac ging ze beter af dan voetballen. Het werd tenslotte 7-1 voor Blauw-Wit. Kootje Bergman scoorde drie keer. Max was dat niet opgevallen. Die had alleen maar oog voor het gebouw; de tribunes met mensen en de toren boven de marathontribune met de Olympische ringen en zijn platte schaal waarin ooit het Olympisch vuur was ontstoken toen de Spelen in 1928 in Amsterdam werden gehouden. Mijn vader was erbij geweest. Hij herinnerde zich de gouden medaille in het vedergewicht van Bep van Klaveren nog. Als de dag van gisteren, zei hij. Het was ook de eerste keer dat er vrouwen mee mochten doen. Als je weet wat dat voor beroering gaf indertijd! De kranten spraken er schande van.

Toen we na de wedstrijd naar huis liepen zei Max: 'Het is een prachtig gebouw. Helemaal van beton, maar toch zo licht als een veertje.'

'Van wie heb je die wijsheid?' vroeg mijn vader. 'Dat heb je vast ergens gelezen.'

Mijn vader bedoelde het als grapje, maar ik zag aan Max' gezicht dat hij beledigd was, beledigd omdat hij alleen maar gezegd had wat hij zelf had bedacht.

Sinds Max Jopie de Boer gevloerd had werd hij niet langer gepest. Maar toen hij op een ochtend in december met een bril op de klas in kwam, zag iedereen zijn kans schoon. Iedereen behalve ik. Mijn vader droeg tenslotte ook een bril. Brillenjood, riepen ze, brillenjood! Ik wist dat je zo niet over joden mocht spreken. Die waren allemaal in de oorlog door de Duitsers doodgemaakt. Bovendien was Max voorzover ik wist helemaal geen jood. Ik vond het een stom scheldwoord.

'Ik kon niet goed meer op het bord zien,' zei Max in het speelkwartier. 'Meester vond het raar dat ik wel kon hoofdrekenen maar in mijn rekenschrift alsmaar fouten maakte. Toen heeft hij een brief aan mijn vader geschreven.'

'Je had toch kunnen vragen of je meer vooraan mocht zitten?' zei ik.

'Dat wil ik niet.'

'Waarom niet?'

'Ik oefen,' zei hij, zacht en langzaam, 'ik oefen in onzichtbaarheid.'

Pas toen we op zijn kamer waren legde hij me uit wat hij daarmee bedoelde. Hij liet me een boek zien: *De onzichtbare man*. Het was van dezelfde schrijver die dat boek over de tijdmachine had geschreven, zei hij. Het ging over een man die op een winterdag in februari op het station van een Engels dorpje uit de trein stapte. Hij had een kleine zwarte koffer bij zich en was van top tot teen in een lange mantel, of misschien waren het lappen, gewikkeld. Een hoed met een brede slappe rand verhulde zijn gezicht. Sneeuw bleef in de storm tegen zijn schouders en borst plakken. Hij ging de plaatselijke herberg binnen waar hij een kamer huurde. Nooit kwam deze onbekende gast van zijn kamer af. Zijn eten liet hij boven brengen. De mensen in het dorp werden steeds nieuwsgieriger naar die vreemde snoeshaan. Het was tenslotte dokter Kemp die het geheim van de onzichtbare man ontdekte. De man was het slachtoffer geworden van een experiment dat hij op zichzelf had toegepast met een vloeistof die hem onzichtbaar maakte. Toen hij de vloeistof had ingenomen, vloog korte tijd later zijn huis in brand waarbij de formule verloren ging waarmee hij zichzelf weer zichtbaar kon maken. Dokter Kemp bespiedde de man door het sleutelgat en zag hoe hij zijn kleren uitdeed. Onder die neervallende kleren zat niets. Toen hij aan tafel ging zitten om zijn dagelijkse maaltijd te nuttigen, zag dokter Kemp alleen een mes en vork door de lucht zweven en hoe de aardappels en stukjes haché door zijn onzichtbare slokdarm in zijn al even onzichtbare maag belandden. Met de onzichtbare man liep het slecht af. Hij werd tenslotte op de vlucht door de dorpelingen neergeschoten.

Als hij dood ter aarde ligt, wordt zijn lichaam stukje bij beetje weer zichtbaar. Eerst de witte zenuwdraden, een nog vaag omlijnde lichaamsvorm, dan de glasachtige beenderen en alle aderen. Daarna het vlees en de huid, eerst nog mistig, maar dan steeds duidelijker. Tenslotte ligt hij daar zichtbaar en wel en zien de dorpsbewoners de kogelwond in zijn borst opkomen, de gelaatstrekken die zijn achtervolgers nooit eerder hadden aanschouwd.

Het was een spannend verhaal. Ik mocht het boek wel van hem lenen, zei Max.

'En nu wil jij ook onzichtbaar worden,' veronderstelde ik.

'Dat kan toch niet, idioot.'

'Ik zei het zomaar.'

'Maar je kunt wel doen alsof.'

'Hoe dan?'

'Je moet je heel stil houden. Achter in de klas gaan zitten en nooit je vinger opsteken of "meester, meester" sissen met je armen stijf over elkaar, zoals meiden doen als ze een beurt willen.'

Op het tafeltje naast zijn opklapbed lag nog een boek, *Tom Tit, Natuurkunde in de huiskamer* heette het. Ik pakte het op en bladerde erin, bekeek de gravures van dagelijkse gebruiksvoorwerpen zoals flessen en lepels, waar los in de ruimte zwevende handen iets wonderlijks mee verrichtten. Ik las de vetgedrukte kopjes boven de hoofdstukken waarin het boek was verdeeld. De spelling was ouderwets, het moest een heel oud boek zijn.

Een vol glas te ledigen in een volle flesch. De beweging der aarde. Hoe men kurken rechtstandig kan laten drijven. Een lampeglas in eene electriseermachine te veranderen. De Robinsonpen. De gedresseerde visch.

Max trok het boek uit mijn handen.

'Dat is geheim,' zei hij. 'Maar als je wilt moet je vanavond komen, dan doe ik de proef met de helse machine.'

Hij liet mij de plaatjes zien. Op een omgekeerd wijnglas rustten vijf dunne lange stokjes. Helemaal links stond een poppetje met twee horens. Een duivel. Op het volgende plaatje hing het poppetje, gemaakt van een kurk zag ik nu, ondersteboven en vloog zijn hoofd eraf. Onder het eerste plaatje stond 'De toebereidselen', onder het tweede 'De uitwerking'.

'Hoe gaat het?' vroeg ik.

'Dat zul je wel zien,' zei Max. 'Eerst komt er vuur en dan volgt een ontploffing.'

'Hier?' vroeg ik.

'Hier,' zei Max. 'Maar nu moet je weg. Ik moet alles in gereedheid brengen voor de proef. Denk maar niet dat hij makkelijk gaat.'

Ik ging voor het raam staan. De lucht had een vuilgrijze kleur. Boven de tuinen zweefden witte vezelige vlokjes.

'Het sneeuwt,' zei ik. In de verlichte keukens aan de overkant stonden vrouwen achter hun fornuis in pannen te roeren.

'Wat zijn dat eigenlijk voor mensen?' vroeg mijn vader van achter zijn *Vrije Volk*.

'Zijn vader is uitvinder,' zei ik. 'Hij werkt bij Blooker.'

'Ja, in een chocoladefabriek valt heel wat uit te vinden,' zei mijn vader spottend en hield de krant opzij. 'En zijn moeder, is die soms ook uitvinder?'

'Pa, doe niet zo flauw tegen die jongen,' zei mijn moeder. 'Maar denk erom dat je niet te lang blijft hangen daar. Negen uur thuis.'

Het was kwart over zeven. Op de gang hoorde ik mijn broertje zachtjes zingen in het onderbed. Buiten was het koud en donker. De lantaarnpalen met hun bolle kapjes die me altijd deden denken aan de helmen van Engelse soldaten uit de oorlog, gaven een armetierig groezelig licht af. Op het landje voor de deur hoorde ik een man zijn hond roepen. Ik stak het Antillenpleintje over. Het hek van de fietsenstalling in de hoek stond nog open. In de verlichte werkplaats stond meneer Rozen gebogen over een op zijn zadel gekeerde fiets. Hier haalde mijn vader iedere ochtend zijn fiets op om met de klep van zijn aktetas rond de stang gebonden naar het stadhuis te rijden, waar hij de hele dag zat te vergaderen of rapporten te schrijven, een schimmige bezigheid die in de verste verte niet te vergelijken viel met uitvinden, al had ik geen flauw benul wat dat precies inhield. Iets doen wat andere mensen niet konden, zoveel was zeker.

In de Curaçaostraat bleef ik aan de overkant van Max' huis staan. Het raam was donker. Max zou het toch niet vergeten zijn? Ik stak de straat over, belde aan en deed een paar stappen naar achteren. Het licht in de voorkamer ging aan en even later verscheen het silhouet van Max voor het raam. Hij schoof het zijraam open en riep dat het traptouw stuk was.

'Kom maar met je loper naar boven.'

'Heb ik niet,' riep ik terug.

Max verdween van het raam. Even later gooide hij mij zijn sleutelbos toe.

Hij stond me op de overloop op te wachten.

'Laten we maar meteen naar boven gaan,' zei hij, 'mijn vader is er toch niet.'

Ik gaf hem de sleutelbos terug.

'Waarom heb jij eigenlijk geen loper?'

'Mijn moeder is altijd thuis,' zei ik.

Max zweeg. Misschien had ik dat niet moeten zeggen.

Het licht op de overloop floepte uit net voor we bij de deur van zijn zolderkamer waren. Op de tast opende Max de deur en deed de plafonnière aan.

Op het tafeltje tegen de muur zag ik een poppetje liggen dat hij volgens de aanwijzingen in *Natuurkunde in de huiskamer* van een kurk en twee luciferhoutjes als benen had gemaakt. In plaats van brood had hij van nat gekauwd krantenpapier een kop geboetseerd waarop hij met inkt een neus en een paar ogen had getekend.

'Je bent de mond vergeten,' zei ik.

'Lul niet,' zei Max.

Naast het kurken mannetje lagen vijf houten mikadostokjes. Tandenstokers, zoals in het boek stond, had Max niet kunnen vinden.

'Misschien bestaan die niet meer,' zei hij, 'het is een boek van voor de oorlog. Maar met deze stokjes kan het ook.'

Hij plaatste twee stokjes in de vorm van een X op tafel en een derde over het midden van de X. Daarna legde hij de beide andere in een rechte hoek op de uiteinden van het middelste mikadostokje en onder de stokjes die samen een X vormden. Van de ombouw pakte Max nu een wijnglas, dat hij omgekeerd naast de constructie zette. Het kurken mannetje liet hij voorzichtig schrijlings op het uiteinde van het middelste houtje zakken. Het zeeg een beetje scheef, maar bleef toch hangen. Voorzichtig tilde hij de over elkaar heen liggende stokjes op en plaatste het geheel op de voet van het glas.

Nu pakte hij het boek en las mij voor. '"Nu kunt ge in modernen trant het bekende betooveringstooneel uit de middeleeuwen nabootsen, waarbij een wassen pop, die iemand moest voorstellen, wien men kwaad toewenschte, werd gestoken, gebroken of verbrand, door welke handelwijze men meende zijn vijand hetzelfde lot te berokkenen."'

'Wie is het?' vroeg ik fluisterend.

'Kun je het niet raden?' vroeg Max. 'Jopie de Boer natuurlijk.'

Het poppetje leek in de verste verte niet op Jopie, maar nu Max het gezegd had was het zo. Hij haalde een doosje Zwaluwlucifers uit zijn zak, streek er een af en hield het gele flakkerende vlammetje bij het dunne uiteinde van een van de mikadostokjes, dat onmiddellijk vlam vatte.

'De helse machine,' mompelde hij.

Zwijgend keken we toe hoe het vuur steeds verder naar

het midden kroop. Plotseling vlogen de stokjes alle kanten op. Het kurken mannetje viel met een plofje voorover op tafel. Zijn kop bleef aan de kurk vastzitten.

Ik kon mijn teleurstelling nauwelijks onderdrukken.

'Dit was de proef,' zei Max en veegde de stokjes op het tafelblad bij elkaar.

'Kunnen we het niet nog een keer doen?' zei ik.

Max schudde zijn hoofd. 'Een proef mag nooit herhaald worden,' zei hij. 'Misschien kunnen we in de kerstvakantie een paar andere doen.'

Plotseling ging de deur van de zolderkamer open. In de deuropening stond een man met een blonde kuif en dezelfde intense blik in zijn ogen als Max. Hij snoof luidruchtig.

'Jullie hebben met lucifers zitten spelen,' zei hij. Het had bestraffend moeten klinken, maar in zijn stem klonk een nauwelijks bedwongen grinnik door.

'We deden een proef,' zei Max.

'Proeven genoeg waar je geen lucifers bij nodig hebt, professor Lupardi,' zei de vader van Max. Hij pakte het doosje lucifers van tafel en stak het in zijn zak.

'En nu naar beneden. We moeten nog eten, Max.'

Hij liep voor ons uit de trap af. Hij droeg een grijze broek die niet verder reikte dan zijn enkels. Wie was professor Lupardi? Ook een uitvinder soms? Een collega van Max' vader?

Toen ik langs hem heen achter Max naar binnen wilde gaan, hield zijn vader mij met één hand tegen.

'Ik ben Leo,' zei hij. 'En hoe heet jij?'

'Wouter, meneer,' zei ik bedeesd. Ik bleef aarzelend in de gang staan. Uit de keuken kwamen etensgeuren die de chocoladelucht in het huis verdreven hadden.

'Wil je een hapje mee-eten?' vroeg hij.

'Ik heb al gegeten, meneer,' zei ik.

Op de huiskamertafel lag een uit zwart sitspapier uitgeknipt silhouet van een vrouwenprofiel met kort krullend haar. Onder het uitgeknipte vrouwenkopje lag een vel wit papier waarop met rode blokletters een zin was geschreven. 'Half elf, Blookertijd.' De vader van Max schoof het papier en het uitgeknipte kopje nonchalant naar een hoek van de tafel en pakte twee borden uit de hoekkast waar ook de repen lagen.

'Hier,' zei hij. 'Neem die maar mee voor onderweg.'

Ik stopte de reep in mijn zak.

In de kerstvakantie zagen Max en ik elkaar niet. Ik ging logeren bij mijn grootouders in Haarlem. Wat Max deed wist ik niet. Ik verveelde me bij die twee oude mensen, die mij vergeefs probeerden te interesseren in spelletjes als Halma of Mensch erger je niet. De eerste maandag dat we weer naar school moesten liet Max mij in het speelkwartier een boek zien dat hij op het Waterlooplein van zijn zakgeld had gekocht. Het was een blauw gebonden boek, een beetje verbleekt van ouderdom, met daarop in gouden letters de titel *Het sterrenland* door Robert S. Ball. Op het titelblad werd die titel herhaald, maar nu met de toevoeging 'De Wonderen van 't Heelal aan een ieder verklaard'. Tegenover de titelpagina stond een afbeelding van de '30-duimer (76 cm.) der Nicolaas-sterrenwacht te Poelkowo bij St. Petersburg'. De gravure liet een enorme telescoop zien, het leek wel een kanon, waar je met een stalen trappetje naartoe moest klimmen om door de lens te kunnen kijken. Max pakte het boek uit mijn handen.

'Ik heb het nog niet uit,' zei hij. 'Voor mijn verjaardag vraag ik een telescoop. Dan kan ik op het dak het heelal bestuderen.'

Nee, hij zei het anders. Hij had het over de machinerie van het heelal. Dat was de eerste keer dat hij die term gebruikte. Zijn ogen glinsterden en hij likte met zijn tong langs zijn lippen. Het was duidelijk dat hij een nieuw doel voor ogen had. Op weg naar huis keek ik naar de donkere hemel, de paar twinkelende sterren. Het leek alsof de hemel stilstond, maar nu wist ik dat alles in beweging was.

1948 was het jaar van de Olympische Spelen, de Olympische Spelen van Fanny Blankers-Koen en het jaar van de passaatwinden. Max en jij verrichtten dat jaar ieder jullie eigen soort metingen. Wat jullie verbond was de rol die de wind daarbij speelde. Het ging erom exact te zijn. Als het heelal een machinerie was, wie had die machinerie dan gemaakt en in gang gezet? Max glimlachte minzaam. Die vraag kon niet beantwoord worden zonder dat wij het heelal tot in alle uithoeken hadden verkend. En aangezien het heelal uitdijde, in wezen oneindig was, kon het nog wel even duren voor we die vraag konden beantwoorden. Voorlopig ging het erom metingen te verrichten, resultaten te noteren en te vergelijken. Op grond daarvan kon je misschien voorspellingen doen. Het primitieve blikken filmapparaat verdween van zijn ombouw en maakte plaats voor een telescoop. Niet zo'n gevaarte als dat in Sint-Petersburg, maar toch groot genoeg om vanaf het platje op een heldere nacht het heelal mee in te kijken. Jullie maakten je huiswerk bij hem thuis. Dat wil zeggen, jij schreef het van hem over. Zelf had je geen tijd meer om het te doen. Over een paar maanden zouden jullie de Hoofdwegschool verlaten en naar de hbs gaan. Jullie voelden je eigenlijk al te groot voor de lagere school. Er waren belangrijker zaken aan de einder verschenen: wisselende windrichtingen, de snelheid van het licht en waar de grens lag aan hoe hard een mens kon lopen.

Tien dagen na Nieuwjaar lag zelfs de Amstel dicht en kregen wij ijsvrij. Meester Waas liet de hoge zwarte kolenkachel met zijn ronde kachelscherm, waarover onze winterjassen slordig over elkaar heen gegooid te dampen hingen, demonstratief uitgaan. Kolen waren nog steeds op rantsoen. Ik zie jullie wel op de Wetering, zei hij toen we de klas uit drongen. Die avond kwam Max vragen of ik de volgende ochtend met hem en zijn vader mee ging schaatsen. Max' vader had besloten over het ijs naar de fabriek aan de Omval te gaan.

Met de tram reden we tot de Munt. Daar klommen we over een paar ingevroren dekschuiten het ijs op, bonden onze Friese doorlopers onder en schaatsten naast elkaar de Amstel op. Max' vader droeg zwarte oorwarmers met een ijzeren band over zijn hoofd geklemd, Max en ik een grijze bivakmuts. Al na een paar minuten voelden mijn lippen schraal aan en kroop de kou door mijn wollen handschoenen naar mijn vingertoppen. Max wist dat het negen graden vroor, maar voor je gevoel was het kouder. Dat kwam door de wind die we op de heenweg tegen zouden hebben, zei hij. Tenminste, als de wind intussen niet van richting zou veranderen. Het was nog vroeg, het ochtendlicht kroop langzaam omhoog langs de gevels van de herenhuizen aan weerskanten van de brede rivier, in de onbewolkte hemel hing een bleke maansikkel in een halo van schittering. Dat komt door de vorming van ijskristallen in de bovenlucht, zei Max.

'Zeker, zeker,' riep Leo. Zijn adem kwam in korte stootjes uit zijn mond, alsof zijn woorden net als neerstortende vliegtuigen in de oorlog een rooksliert achter zich aan trokken. 'Zeker, zeker, professor Lupardi.'

Wie was toch die professor Lupardi? Max keek mij al schaatsend verbaasd aan.

'Ken je kapitein Rob niet? Uit *Het Parool*.'

Ik schudde mijn bemutste hoofd. 'Wij hebben thuis *Het Vrije Volk*.'

'Zo,' zei Leo, 'dus jouw vader is socialist.'

Ik knikte maar, al had ik geen idee wat hij bedoelde.

'Professor Lupardi is een geleerde uit het beeldverhaal *Kapitein Rob*. Hij wil uitvindingen doen om de wereld te vernietigen.'

'U bent toch ook uitvinder?' vroeg ik.

'Wie heeft je dat verteld?' Leo lachte. Hij had grote vooruitstekende tanden. We schaatsten onder de Magere Brug door. Links lag theater Carré met zijn ronde dakkoepel.

'Nou, wie?'

'Max, meneer.'

'Ik ben reclamechef bij Blooker,' zei hij en zette koers naar een van de stalletjes vlak bij de wallenkant. Leo trok een versleten portemonnee uit de kontzak van zijn zwarte broek waarvan hij de pijpen in zijn roodgerande schaatssokken had gepropt, en bestelde drie koppen warme chocolademelk.

'Kijk,' zei hij. 'Zie je dat blik daar?'

Op een plank achter de bebaarde eigenaar van het koek-en-zopie stond een blik van Blooker met daarop de tekst 'Half elf, Blookertijd'.

'Dat heb ik bedacht,' zei hij. 'Maar om dat nu een uitvinding te noemen. Ik verzin iets dat de mensen bijblijft. Een slagzin noem je zoiets.'

Max dronk zwijgend van zijn chocolademelk. Om ons heen klonk het gekras van schaatsijzers. Hier aan de kant liepen diepe scheuren door het ijs.

Toen we onder de Berlagebrug door waren, voorbij het botenhuis van de roeivereniging Nereus, wees Max' vader de Blookerfabriek aan. We staken schuin de Amstel over. In het midden staken schotsen omhoog. Daar had de vaargeul gelopen die men tot het laatst toe had proberen open te houden. Toen we eroverheen reden was het alsof ons een echo uit de diepte tegemoet klonk. Aan het begin van de Weespertrekvaart bonden wij onze schaatsen af.

'Kijk,' zei Leo. 'Dat gebouw met dat torentje, daar moeten we zijn. Die twee schoorstenen ernaast zijn van de fabriek.'

We moesten een loopbrug over om bij de openstaande poort van het hoofdgebouw te komen. Op een van de kleinere gebouwen ernaast prijkte in witte blokletters de slagzin die Max' vader had bedacht. Het was nog lang geen half elf. Max en ik hingen onze afgebonden schaatsen met de gekleurde schaatsbanden over onze schouders. Leo groette een man met een pet en een pokdalig gezicht.

'De jongens hebben ijsvrij,' zei hij ter verklaring van onze aanwezigheid. 'Kom, jongens, mijn kantoor is boven.' We liepen een brede gang door. Aan het eind zag ik iemands onderbenen in het plafond verdwijnen. Een paternosterlift.

De houten lift bewoog zich rammelend in de schacht naar boven. Max sprong er pas uit toen hij de bovenste verdieping al een eindweegs voorbij was. Zijn vader trok aan zijn bivakmuts.

'Wil je dat nooit meer doen,' zei hij, 'een lift is niet om in te spelen.'

'Het kon nog makkelijk,' protesteerde Max zwakjes.

Leo maakte een deur open waar met witte sierlijke schrijfletters zijn naam op stond: L. Veldman.

De kamer van Max' vader keek uit op de Weespertrekvaart en op een fabrieksterrein aan de overkant van het water. 'Dat is de fabriek van Puralimento,' zei Leo. Op zijn bureau lag een slordige hoop tekeningen en letterproeven. Ik herkende het silhouetkopje van de vrouw dat ik eerder uitgeknipt bij Max thuis op tafel had zien liggen en dat op de Blookerbus stond in het koek-en-zopie. Het was een jonge vrouw met korte krulletjes en een wipneus. In een vitrine tegen de muur naast de deur lag een aantal voorwerpjes. Elk was voorzien van wat op een prijskaartje leek. Max tuurde door het glas.

Zijn vader liet ons een tijdje naar de vreemde uitstalling in de vitrine kijken zonder iets te zeggen. Munten lagen er uit onbekende landen, houten ringen, kralenkettingen, armbanden van gevlochten touw, een bos sleutels, twee houten kammen met dikke versleten tanden en een doosje waar Egyptische sigaretten in hadden gezeten. Op het blauwe dekseltje staarde een goud omrande sfinx naar een piramide.

'Dat is allemaal met de balen cacaobonen uit Afrika meegekomen,' zei hij. 'Die dingen hebben de negers bij het laden in het ruim laten vallen. Vandaar dat alle bonen eerst de reinigingsmachine door moeten. Daarna gaan ze de breekmachine in. Maar dat zal ik jullie zo laten zien als we de fabriek in gaan.'

Ik herinner me dat het fabrieksterrein er verlaten bij lag. Een rij steekkarren stond in elkaar geschoven naast een van de muren, maar er was niemand te zien. Iedereen was voor de kou naar binnen gevlucht. Uit een van de schoorstenen kwamen dikke plukken zwarte rook. In de fabriekshal stonden rijen koperblinkende ketels en machines. Hefbomen en stangen bewogen. Ronde meters achter beslagen glazen ruitjes deden trillend verslag van wat er zich in het binnenste van de ketels afspeelde. Max bestudeerde de meters nauwkeurig, maar kon mij ook niet vertellen waarvoor ze dienden. En boven alles uit klonk het ratelende geluid van de cacaobonen die over een lopende band in enorme trechters in het binnenste van een maalmachine verdwenen. De vettige cacaostank was hier zo verstikkend dat hij op mijn keel sloeg en ik een paar keer heftig moest slikken om een opkomende misselijkheid te bedwingen.

Ik herinner me de namen van de fabrieksafdelingen die Max' vader opnoemde zonder dat ik ze me nog voor de geest kan halen. Branderij, malerij, perserij, poedermalerij. De meeste mannen die tussen de machines rondliepen droegen petten en handschoenen. Sommigen groetten Leo. Achter in de tweede hal, die je door een binnengang bereikte, bedienden meisjes en vrouwen in witte jassen de inpakmachines. We stonden een tijdje stil bij de lopende band. Steeds weer draaide die slagzin van Max' vader op de cacaobussen voorbij.

'Waarom half elf?' vroeg Max.

'Dat is zo'n beetje de tijd dat huisvrouwen thuis een tweede kopje koffie zetten. En nu maar hopen dat ze in het vervolg chocolade gaan drinken in plaats van koffie,' zei Max' vader. 'Kom, jongens, ik moet weer eens terug naar kantoor.'

In de gang zagen we hem in de paternosterlift stappen en zwaaiend in de zoldering verdwijnen. We liepen de loopbrug over, bonden aan de wallenkant onze schaatsen onder en schaatsten de Amstel af, naar de stad. Midden op de Berlagebrug stond een blauwe tram. Er zat niemand in.

Er waren nu meer kinderen op het ijs met hier en daar een volwassene ertussen, plechtig zwierend op echte noren of kunstschaatsen. Iedereen was in het grijs of zwart gekleed. Ondanks het vrolijke geschreeuw hing er een vale, vreugdeloze sfeer. Alsof het nog oorlog was. Max reed naast mij. Hij keek naar mijn slagen en probeerde precies in mijn ritme met mij op te schaatsen. Soms had hij daarbij een korte inhaalslag nodig.

'Waar heb jij schaatsen geleerd,' vroeg ik, 'in Haarlem?'

'Nee,' zei hij, 'in een dorp in Noord-Holland waar ik aan

het eind van de oorlog een half jaar gewoond heb.'

'Welk dorp?'

'Dat zegt je toch niks. Mijn moeder kwam me daar één keer in de veertien dagen opzoeken. Helemaal op de fiets. Ze bleef een nacht slapen en dan ging ze weer terug.'

'Met eten zeker,' zei ik.

Max knikte. 'Iedereen had het altijd over eten. En over noodkacheltjes.'

'Hadden wij ook,' zei ik. 'Wel een kacheltje, maar geen eten. Mijn moeder maakte bloembollenkoekjes. Of we aten van de gaarkeuken, meest soep.'

'Getverdemme. Hoe smaken bloembollenkoekjes?'

'Zoet. Zoeter dan sacharine.'

'Hoe vond jij de oorlog eigenlijk?' vroeg Max.

'Wel leuk. Maar dat mag je natuurlijk niet zeggen. Het was een nare tijd, zeggen mijn ouders. Je moet het maar zo gauw mogelijk vergeten.'

'Ik heb thuis nog van die zilveren stroken die ze uit vliegtuigen gooiden om de Duitse radar in de war te sturen. Ik gebruik ze nu bij proeven. Ze willen niet branden, maar je kunt er wel andere dingen mee doen. Ik vond de oorlog ook wel leuk. Mijn vader hoefde niet te werken en mijn moeder was ook nog thuis. We deden vaak spelletjes bij zo'n sissende carbidlamp. Was jouw vader ook thuis in de oorlog?'

'Nee,' zei ik. 'Op het stadhuis werkten ze gewoon door.'

'Voel je dat de wind gedraaid is?' zei Max. 'Hij komt nu meer uit het zuiden.' Hij keek naar de blauwe hemel waaruit de maansikkel verdwenen was.

'Daar helemaal boven is de stratosfeer,' zei hij, 'daar stormt het, altijd. Zeker veertig op de schaal van Beaufort.'

Wie Beaufort was zou ik gauw genoeg te weten komen.

Max trok zijn opklapbed naar beneden. Tegen de muur boven zijn bed hing een tabel, zo te zien uit een boek of tijdschrift geknipt, en daarnaast een gravure van een man in uniform. Hij had net zo'n snor als bovenmeester Muilwijk. Dat was Sir Francis Beaufort, Engelse schout-bij-nacht en uitvinder van de schaal van Beaufort, legde Max uit.

'Vroeger hadden ze alleen maar woorden om de windkracht mee uit te drukken, net als in *De scheepsjongens van Bontekoe*. Harde wind, storm, orkaan. Maar dan weet je natuurlijk eigenlijk nog niks. Beaufort was de eerste die de windkracht in een schaal heeft ondergebracht.'

Windkracht 0. Windsnelheid 0,0-0,2 m per sec. Windstil, rook recht omhoog.
Windkracht 1. Windsnelheid 0,3-1,5 m per sec. Windwijzers bewegen niet.
Windkracht 2. Windsnelheid 1,6-3,3 m per sec. Bladeren ritselen.
Windkracht 3. Windsnelheid 3,4-5,4 m per sec. Bladeren bewegen voortdurend.
Windkracht 4. Windsnelheid 5,5-7,9 m per sec. Stof en papier waaien op.
Windkracht 5. Windsnelheid 8,0-10,7 m per sec. Kleine golfjes op water.
Windkracht 6. Windsnelheid 10,8-13,8 m per sec. Grote takken bewegen.
Windkracht 7. Windsnelheid 13,9-17,1 m per sec. Bomen bewegen.
Windkracht 8. Windsnelheid 17,2-20,7 m per sec. Takken breken.
Windkracht 9. Windsnelheid 20,8-24,4 m per sec. Jonge bomen breken af.

Windkracht 10. Windsnelheid 24,5-28,4 m per sec. Zware schade.

Windkracht 11. Windsnelheid 28,5-32,6 m per sec. Verwoestingen.

Windkracht 12. Windsnelheid > 32,6 m per sec. Zware verwoestingen.

De Engelse schout-bij-nacht keek ons tevreden aan. Hij had als eerste de wind in getallen gevangen.

'Ik ga een windmeter bouwen,' zei Max. 'Dat moet. Dan kan ik zelf de windsnelheid meten. Ik zet hem op het plat buiten en iedere ochtend voor ik naar school ga meet ik de windsnelheid. Die kan ik dan noteren.' Er verschenen spuugblaasjes tussen zijn lippen. Zijn stem klonk dwingend.

Waarschijnlijk was hij op het idee gekomen toen meester Waas in de klas de passaatwinden behandelde. Hij tekende het bord vol ellipsen met daarin pijltjes die allemaal naar links wezen. In het midden van de tros ellipsen had hij een streep getrokken. Dat was de evenaar. Ten noorden van de evenaar waaide de noordoostpassaat, ten zuiden de zuidoostpassaat. Die hielden de lucht in beweging die van de tropen naar de polen waaide. Zo werd de aarde gelijkmatig verwarmd. Boven de passaatwinden waaiden sterke winden, de straalstromen, van west naar oost om de aarde. De meester tekende ze op het bord en voorzag de ellipsen van pijltjes die naar rechts wezen. Wij merken er niets van omdat ze op tien kilometer boven de aarde razen, soms wel met een snelheid van 400 kilometer per uur.

'En wat is nu behalve verwarming van de aarde nog meer de bedoeling van dit systeem,' vroeg hij, terwijl hij het krijtstof van zijn vingers sloeg. 'Wat denken jullie?'

Max stak als enige zijn hand op.

'De winden zorgen ervoor dat de aarde in vierentwintig uur zijn omwenteling maakt. Anders zou de aarde te snel of te langzaam draaien en zou de tijd op onze klokken en horloges niet meer kloppen.'

Max zette zijn bril af alsof hij het effect dat zijn woorden sorteerden niet wilde zien. Op dat moment werd zijn nieuwe scheldnaam de 'windbuil' geboren. Max bleef de enige van de klas die de loop en werking van de passaatwinden begreep. Geduldig schreef hij het hele verhaal voor mij op. Ja, Max was absoluut de beste van de klas. Alleen voor opstellen haalde hij wel eens een onvoldoende. Als het om een opstel met een onderwerp ging, redde hij zich er nog wel uit, maar bij een 'vrije opdracht' keek hij lang peinzend voor zich uit voordat hij iets opschreef. De meeste kinderen wilden niets met hem te maken hebben. Ze waren denk ik een beetje bang voor hem. Hij kon je aankijken alsof hij wilde dat je ter plekke zou verdwijnen. Als enig meisje schreef Suzanne hem eens een briefje dat ze met hem wilde gaan. Suzanne had al borsten. Maar Max deed er hooghartig het zwijgen toe.

Mijn vader besloot dat het nu tijd werd dat ik een eigen kamer kreeg, zodat ik daar in alle rust mijn huiswerk kon maken en me kon voorbereiden op de laatste proefwerken en het daarna volgende toelatingsexamen voor de hbs. In een weekeinde ruimde hij de zolderkamer leeg, sjouwde mijn bed, mijn tafeltje en stoel uit de slaapkamer van mijn broertje en mij over de trap naar boven en hing eigele gordijnen voor de ramen. De volgende dag prikte ik de muren vol met krantenfoto's van Fanny Blankers-Koen.

Fanny Blankers-Koen was de heldin van mijn moeder. In de oorlog werd zij wereldrecordhoudster op de 80 meter horden, het ver- en het hoogspringen en de 100 yards. Voor mijn moeder moet zij een soort rolmodel geweest zijn, een vrouw die ondanks de penibele levensomstandigheden met grote vastberadenheid aan haar atletiekcarrière werkte en daarbij haar plicht als huismoeder niet verzaakte. Zo stond het in de krant waar iedere wedstrijd waarin zij uitkwam uitgebreid in werd verslagen en geïllustreerd. Die foto's knipte ik uit. Eerst lagen ze los in een schoenendoos, maar nu ik een eigen kamer had hing ik ze op. Het was in die tijd dat mijn vader *Het Vrije Volk* opzegde en zich abonneerde op het *Handelsblad*. Het had te maken met die verre oorlog die Nederland in Indië voerde en die geen oorlog werd genoemd, maar politionele actie. Mijn vader sprak er schande van en stelde de socialisten rechtstreeks verantwoordelijk. Mijn moeder was het met hem eens omdat zij tegen alle oorlogen was. Alleen ik had de pest in, want in het *Handelsblad* stonden lang niet zoveel sportfoto's als in *Het Vrije Volk*.

Mijn vader verbaasde zich over mijn moeders idool. Vrouwen die aan sport deden vond hij onvrouwelijk. Een vrouw was niet gebouwd om op die manier haar kracht te tonen. Maar de foto's bij het artikel 'Bij Fanny thuis' in de *Panorama* bekeek hij welwillend. Je zag Fanny, gekleed in een Schotse ruitrok en een hooggesloten blouse, haar man, lezend in een crapaud, een kopje koffie aanreiken. Op een andere foto stond zij met haar handen rustend op de rugleuning van zijn stoel en keek naar wat Jan Blankers, die ook haar trainer was, haar aanwees in de opengeslagen krant. Ongetwijfeld een van die artikelen waarin zij bejubeld werd. Op de laatste foto bij het stuk hield zij de kleine Fanny op schoot.

Een schoonheid was ze niet. Daarom was ze zo geschikt

om voor veel vrouwen in die tijd een idool te worden. Je kon gewoon zijn en toch bijzonder. Lief en toch hard. Uitblinken en daarna weer bescheiden worden, op het onzichtbare af. Ze droeg dezelfde schutkleurachtige kleren als de gemiddelde Nederlandse vrouw uit die tijd. Schoenen met platte hakken. Nylons, maar zonder naad.

Die dubbelrol moet mijn moeder aangesproken hebben. Zelf speelde ze maar één rol, maar ze droomde van een andere. Ze had graag een beroemd pianiste willen worden. Als ze alleen thuis was zocht ze op de radiodistributie altijd naar klassieke muziek. Ik had haar wel eens betrapt als ze met gesloten ogen en afwezig met een lepeltje in haar kopje thee roerend naar een pianoconcert van Mozart zat te luisteren. Mozart was haar favoriet. Wanneer zij met mijn vader op verjaarsvisite was en er een piano stond, probeerde mijn vader haar altijd over te halen iets te spelen. Maar steevast schudde zij dan haar hoofd met het excuus dat ze haar muziek niet bij de hand had. Mijn vader was niet erg geïnteresseerd in muziek, maar hij was er wel trots op dat zijn vrouw zo goed piano kon spelen. Ik herinner me veel avonden thuis met mijn vader achter zijn bureau in de kamer en suite en mijn moeder achter de piano. Rug aan rug. Wat haar tegenhield was haar verlegenheid en het idee dat haar handen te klein waren. In gesprekken gaf zij alleen maar antwoorden. Ze was een gewone vrouw, maar in haar huisje een andere, die met sierlijk gebogen polsen en vingers heel licht en luchtig een menuet van Mozart ten gehore bracht.

Ik begon de foto's van Fanny uit te knippen en te bewaren omdat ik de behoefte voelde om een verzameling aan te leggen. Maar het was niet alleen dat. Ik werd gefascineerd door de verhalen over records en verbeterde tijden. Zelf kon ik ook goed hardlopen, ik werd niet voor niets op het voetbalveld vergeleken met Karel Knal. In het boek over Karel Knal had Chris Berger een voorwoord geschreven.

'CHRIS BERGER LOOFT KAREL KNAL
Natuurlijk kan ik niet tegen Karel Knal op. Dat is nog eens een athletiekkampioen! Wij hebben allemaal wel eens gefilosofeerd over de vraag of het mogelijk was dat de 100 meter in 10 seconden zou kunnen worden gelopen door den een of anderen "super"-athleet. Doch dat vraagstuk loste Karel Knal "eventjes" op in één wedstrijd. Alsof het de gewoonste zaak ter wereld was. En niet alleen op de 100 meter, maar op ALLE afstanden is hij een onverslaanbaar loper. Dat alles dank zij zijn wonderbaarlijke wonderschoenen, die, op de keper beschouwd, maar ouderwetse dames rijglaarzen zijn. 't Is als athleet om van te watertanden. Met of zonder wonderschoenen – toch ontbolsterde de sport Karel Knal, die in het begin van het verhaal een vervelend, bleekneuzig ventje was. De sport knapte hem op, maakte er een flinken kerel van. Daarom alleen al schuilt er een goede portie propaganda voor de sport in dit mooie jongensboek vol wonderlijke sportavonturen.'

Maar voorlopig bleef ik een gewone jongen die op zijn zolderkamer trouw zijn schoolopgaven zat te maken. Vermoedelijk was ik me niet bewust van de droom die langzaam in me rijpte.

Max en ik maakten vaak samen huiswerk, nu meestal bij mij, omdat Max zijn kamer had veranderd in een laboratorium waarin hij de windmachine aan het bouwen was. Ik was nieuwsgierig naar zijn vorderingen, maar hij wilde me zijn windmeter pas laten zien als hij helemaal af was. Vaak legde

Max mij dingen uit die ik niet begreep. Natuurlijk in de eerste plaats de passaatwinden, maar ook beredeneersommen over personen die op verschillende tijden en vanaf verschillende plaatsen naar elkaar toe beginnen te lopen, ieder met een bepaalde snelheid per uur. Wat was het tijdstip waarop ze elkaar tegenkwamen? Max wist het antwoord meteen, maar het duurde even voor hij mij kon uitleggen hoe hij tot de oplossing was gekomen. Daarbij trok hij een verveeld gezicht. Toen we op een middag de blinde kaart van China bestudeerden wees hij zonder mankeren de belangrijkste plaatsen en rivieren aan. Sjanghai, Peking, Woehan, Nan-Tsjang, de Jang-tse-tjiangrivier.

'Heb je die uit je hoofd geleerd?' vroeg ik. Hij schudde zijn hoofd.

'Ik zie de kaart in de atlas voor me. Ik hoef alleen maar de namen op te lezen.'

'Ik wou dat ik dat kon,' zei ik en staarde naar de blinde kaart voor me op tafel.

Max keek me weer met die vreemde blik van hem aan. Alsof er zich achter mij iets bevond dat oneindig veel belangrijker was dan ikzelf. Maar hij zei niets. Hij was anders dan de anderen, maar sprak daar liever niet over. In de klas zette hij vaak zijn bril af tot meester Waas hem tot de orde riep. Je hebt die bril niet voor niets, zei hij dan. Het scheldwoord 'brillenjood' was vervangen door 'windbuil'; de meeste kinderen moesten nog steeds niets van hem hebben.

In dat laatste half jaar dook er in het speelkwartier een nieuw spel op. Standbeeldje. Iemand stond in het midden van een kring. De anderen duwden een kind uit de kring naar voren tot het tegen degene die in het midden stond aanbotste. Dan moest het kind blijven staan in de houding waarin de botsing het had gebracht. En dan weer een kind, tot er een hele groep stond in de meest vreemde verstarde houdingen. Dat spel leek Max te interesseren. Er werd iets tot uitdrukking gebracht dat met iedere nieuwe deelnemer van betekenis veranderde.

Naar huis lopend zei hij dat het leek op een woordspelletje dat hij met zijn vader deed en dat geen naam had. Je nam een woord, 'waskom' bijvoorbeeld. Daar knipte je de laatste lettergreep af, die dan het begin van een nieuw woord vormde: komkommer. Van 'mer' kwam je op merel en zo op relschopper en persoon. Dat konden Leo en hij soms uren spelen. Meestal gaf zijn vader als eerste op.

Ik herinner me dat laatste half jaar als een periode waarin de tijd vertraagd leek. Er was nauwelijks meer gelegenheid om buiten te spelen. De vijfde klas vormde nu het schoolelftal. Het zal wel een vertekening zijn, maar in mijn herinnering regende het altijd. Over de windmachine sprak Max niet meer. Als ik zat te leren sloeg ik nauwelijks acht op de atletiekfoto's aan de muren om mij heen.

Op de anders vrije woensdagmiddagen moesten we tot ons ongenoegen terug naar school om te repeteren voor een toneelstuk dat meester Waas had uitgezocht en dat opgevoerd zou worden op de feestelijke slotavond waarmee wij afscheid van de Hoofdwegschool zouden nemen. De regie was in handen van de echtgenote van de meester, een kleine vrouw met peenhaar en een stem als een dragonder. Ze stond met de handen in haar zij voor het geïmproviseerde toneeltje in de gymnastiekzaal en schreeuwde haar aanwijzingen. Ik speelde een tamboer-majoor en Max de rol van Vadertje Tijd. Hij droeg een lange witte baard en sleepte de hele voorstelling een grote wekker met zich mee die telkens afging als wij een nieuwe periode van de vaderlandse geschiedenis betraden. Ik vermoed dat meester Waas het stuk, dat *De glorie van ons vaderland* heette, zelf geschreven had. De meisjes van de klas fungeerden in hun witte rokken en blouses als koor op de achtergrond. Er werd met knotsen gezwaaid en met hoepels gedraaid, een onderdeel waarbij mevrouw Waas assistentie kreeg van de gymnastiekleraar Fons de Roos. Waar het stuk precies over ging ben ik nu vergeten.

Ik herinner me dat die bewuste avond, voorafgaand aan het toneelstuk, het schoolelftal van vorig jaar, waar ik ook deel van had uitgemaakt, gehuldigd werd. We posteerden ons als een elftal op een sportfoto in ons groen-witte tenue in twee rijen, waarvan de voorste op een knie zat, en kregen ieder een bos bloemen van de bovenmeester, die voor de gelegenheid gekleed was in een zwart pak dat op de knieën glom, net als de pommade in zijn achterovergekamde zwarte haar. Jopie de Boer mocht de beker omhooghouden. Vanuit het publiek maakte een aantal vaders foto's van het moment. In het kleedhok van het gymnastieklokaal had ik nauwelijks tijd om mij in een paarse pofbroek en een veel te groot hes bestikt met gouden tressen te hijsen. Het ding rook naar mottenballen. In mijn haast vergat ik dat ik mijn kiksen nog aanhad. Pas toen ik klossend het houten toneel betrad en het gelach vanuit de zaal hoorde merkte ik het, maar toen was het te laat. Ik probeerde mijn geklos te maskeren door heel hard op de trommel die voor mijn buik hing te slaan.

Na afloop van de voorstelling was het zover. Meester Waas deelde de rapporten uit. Het rapport van Max was natuurlijk het beste van de klas, maar ook het mijne was goed genoeg om toelatingsexamen te mogen doen voor de hbs aan het Raamplein, niet ver van het Leidseplein. Na afloop kregen wij limonade en een kano, de ouders een flesje bier of een glas wijn. Meneer Lewis kwam op mij af. Hij wees op mijn kiksen.

'Als ik jou was zou ik die maar eens inruilen voor spikes.'

1948. Nederland herrijst. Het Vaderland spreekt tot de Jeugd. Steeds minder dingen op de bon. Het woord deviezen. Daar waren er nog maar weinig van, maar in de etalages lagen voor het eerst weer artikelen uit het buitenland, al kon je door de hele stad nog op muren de slagzin lezen: 'Koopt Nederlandsche waar, dan helpen wij elkaar.' Je moeder schafte zich een feloranje blouse aan bij Peek & Cloppenburg. Die was alvast voor de ophanden zijnde troonswisseling. Koningin Wilhelmina zou troonsafstand doen ten gunste van haar dochter Juliana. Op de radio klonk steeds vaker schetterende Amerikaanse muziek die jazz genoemd werd en die een hevige reactie bij je vader teweegbracht. Zo gauw hij die muziek hoorde, stormde hij naar de knop van de radiodistributie en draaide hem op een andere zender. Apenmuziek noemde hij het. In de kranten verschenen de eerste artikelen over de komende Olympische Spelen in Londen. Ja, Nederland herrees en zou weer worden zoals het voor de komst van de Duitsers geweest was: gezellig en overzichtelijk. Mannen die hun hoed voor vrouwen lichtten, behulpzame kinderen die oude mensen de straat over hielpen. Alleen was daar, als een vervelende smet, die oorlog in het verre Indië. Op zaterdagmiddag zag je voortrekkers, verkenners en welpen met hun breedgerande hoeden en groene petjes op weg naar hun clubhuis. En in de stad hingen overal de geëmailleerde reclameborden met het silhouet van een vrouwenkopje en daaronder de slagzin 'Half elf, Blookertijd'.

Die vakantie zag ik Max niet. Als ik me goed herinner was hij met zijn vader op zeilvakantie op het IJsselmeer en daarna moest hij naar een openluchtkamp ergens op de Veluwe. Zelf weigerde ik naar mijn grootouders in Haarlem te gaan. Ik ben toch geen klein kind meer. Mijn vader was het daar tot mijn opluchting mee eens. Voor het eerst verkende ik op mijn eentje per fiets de stad. Ik had geen idee dat Amsterdam zo groot was. In tegenstelling tot de straten in mijn buurt liepen de straten, stegen en grachten in het centrum rond of in onvoorspelbare kronkels en bochten. Alsof ze niet gebouwd waren, maar gegroeid.

Zaterdag 10 juli nam mijn vader mij mee naar het Olympisch Stadion. Het stadion zag er vanbinnen nu heel anders uit. Het voetbalveld stond vol geüniformeerde jongens en meisjes, de voetbaldoelen waren weggehaald en op het scorebord, hoog boven de staantribunes, stond de tekst 'Dag van de Jeugd'. Op de eretribune zat koningin Wilhelmina, die na afloop in een open auto en met een veel te dikke jas aan over de sintelbaan werd rondgereden, hartstochtelijk toegejuicht door duizenden mensen op de tribunes die met de roodwitblauwe vlaggetjes zwaaiden die bij de ingang waren uitgereikt. Het mijne was ik in het gedrang op de staantribunes al meteen kwijtgeraakt. Op de grasmat werd een of ander lekenspel opgevoerd dat ik me niet goed meer herinner. In de maandagse krant stond er het volgende over te lezen:

'Jongeren zoals ze verenigd zijn in de Nederlandse jeugdgemeenschap hebben dit jeugdspel ter gelegenheid van het regeringsjubileum opgevoerd. Ze vertegenwoordigden rond een miljoen leden van jeugdorganisaties.

In zijn stuk heeft dr. Knorringa een beeld willen geven van de jeugd zoals ze in een vorige eeuw aan haar lot werd overgelaten en zoals zij nu overal een vitaal verenigingsleven vinden kan. Het verleden werd nogal mager en niet altijd aannemelijk geïllustreerd. In het tweede deel waren er betere aanknopingspunten en dadelijk kwam het spel ook beter op dreef. Het feestelijke element was er al meteen toen, tussen fantastisch getinte boompjes door, de jeugdbeweging in talloze schakeringen binnen marcheerde. De grasmat was in een ommezien in een speelpark omgetoverd, waar tenten verrezen en werd gedanst. Later trokken in optocht figuren voorbij uit stukken die door de jeugd waren opgevoerd. Jeanne d'Arc, Tijl Uilenspiegel, Mariken van Nimwegen, een circus gaf een voorstelling en de Midzomernachtsdroom werd in een halve minuut gespeeld. Als apotheose stonden drieduizend jongens en meisjes in een oranje cirkel en zongen een Wilhelmus zo helder en zo jong als men het zelden hoort.'

Alleen dat Wilhelmus herinner ik me. Waarom er toen tranen in mijn ogen sprongen begreep ik niet. Het zou me die zomer nog een aantal malen gebeuren.

We waren net terug van een week vakantie in Otterloo, waar mijn broertje een wespensteek had opgelopen, toen op donderdag 29 juli de Olympische Spelen in het Wembley-stadion in Londen werden geopend. Net als iedereen zaten wij rond de luidspreker van de radiodistributie. Mijn moeder sprak over Fanny Blankers-Koen alsof zij ervan overtuigd was dat Fanny ging winnen; alles. De 80 meter horden, de 100 en de 200 meter en de 4 x 100 meter estafette. En als de wedstrijdleiding dat mogelijk had gemaakt en de deelname van vrouwen aan atletieknummers niet reglementair was beperkt tot vier, zou zij ook het hoog- en verspringen nog hebben gewonnen. Mijn vader betwijfelde dat. Wij zijn maar een klein landje, zei hij. De Amerikanen kunnen uit een veel groter arsenaal aan atleten putten. Maar mijn moeder was allang niet meer voor rede vatbaar. Toen Fanny op zaterdag haar serie op de 100 meter in 12 seconden won keek ze mijn vader triomfantelijk aan.

De Olympische Spelen gingen grotendeels aan mijn vader voorbij omdat hij overdag, wanneer de meeste wedstrijden plaatsvonden, op het stadhuis zat. Maar wij, de kinderen en de huisvrouwen, leefden mee, van dag tot dag. Mijn moeder had ondanks protesten van mijn vader de eetkamertafel onder de luidspreker van de radiodistributie geschoven, zodat we niets hoefden te missen. En toch miste zij die maandag het behalen van Fanny's eerste gouden medaille. In de stromende regen won Fanny de 100 meter in 11.9, voor Wendy Manley, die met ruime afstand in 12.2 finishte. Derde werd Shirley Strickland in 12.4. De rest van de uitslag noteerde ik niet in mijn Olympische schrift, het ging tenslotte om de medailles. Mijn moeder zat op dat ogenblik bij de dokter, waar het drukker was dan zij had verwacht. En in de wachtkamer stond natuurlijk geen radio. Op weg naar huis zag zij hoe op de Hoofdweg de eerste vlaggen werden uitgestoken. Nederland herrees nu pas echt.

Die bewuste middag was Max bij mij. Hij leek niet erg geïnteresseerd in het radioverslag van Peter Knegjens.

'Als het maar niet te hard gaat waaien,' zei hij. 'Dat beïnvloedt de tijden ongunstig.'

Toen mijn moeder haastig binnenkwam en het sjaaltje van haar hoofd trok, vroeg ze met een blos op haar wangen: 'En, hoe ging het?'

'Heel vlug,' zei ik, 'voor ik het wist was het alweer voorbij.'

'100 meter in 11.9, dat is iets meer dan 8.4 meter per seconde,' zei Max.

'Maar ik bedoel, hoe ging de wedstrijd? Lag Fanny meteen voor? Wat zei Peter Knegjens precies?'

Max keek naar het plafond. Toen begon hij op nasale opgewonden toon te spreken.

'Luisteraars, op het ogenblik gaan de dames in de start. Ze zijn gebukt. Fanny verplaatst nog even haar handen, ze kijkt nog even naar beneden, ze kijkt nog even naar boven. En ze zijn prachtig gelijk weg op het ogenblik. Fanny ligt onherroepelijk op de eerste plaats. Wendy ligt twee op één, anderhalve meter achterstand. Ze is één! Royaal één! Met twee meter voorsprong is ze door de finish heen. Nederland heeft zijn eerste Olympische kampioene, de eerste gouden plak hier in Londen veroverd. Ze wordt bejubeld, luisteraars, overal mensen. Het is niet te vertellen dit enthousiasme.'

Mijn moeder ging aan tafel zitten. Ik denk dat wij Max allebei met open mond aangaapten.

'Zo ging het,' zei Max. 'Zo heb ik het net op de radio gehoord.'

The Flying Dutchmam. Zo werd Fanny door de Engelse reporters genoemd. De vliegende huisvrouw. Omdat ze twee kinderen had en toch al haar wedstrijden won. Eerst de 100 meter en daarna de 80 meter horden in een nieuwe wereldrecordtijd van 11.2. Twee dagen later won ze de 200 meter en een dag later zette ze de beslissende eindspurt in op de 4 x 100 meter estafette die de Nederlandse damesploeg in 47.5 won.

Mijn vader moest mijn moeder gelijk geven. Dat deed hij niet graag, maar toegegeven, deze vrouw was een fenomeen.

Maar er was voor mijn moeder in die dagen nog een ander fenomeen, de Franse atlete Micheline Ostermeyer, die niet alleen het discuswerpen en kogelstoten won en een derde plaats bij het hoogspringen veroverde, maar ook concertpianiste was. Concertpianiste! Mijn moeders ogen glansden. Ze liet mijn vader een uitgeknipt krantenartikel zien.

Naast het artikel stond een foto van een vrouw in trainingspak met witte schouderstukken. Op haar borst prijkte in grote letters het woord 'France'. Ze zat achter een concertvleugel waarop ze blijkens het artikel tijdens de Olympische Spelen musiceerde, volgens de Française de beste manier om zich voor te bereiden op een wedstrijd. In het artikel stond dat ze al op haar vierde met pianospelen was begonnen en op haar twaalfde haar eerste recital had gegeven. Ze verklaarde aan de journalist die het artikel had geschreven dat ze na de Spelen met atletiek zou stoppen om zich geheel aan de muziek te wijden.

Mijn vader knikte.

'Heb je haar handen gezien?' zei hij. 'Meer de handen van een kogelstootster dan van een pianiste.'

'Met zoveel talent is alles mogelijk,' antwoordde mijn moeder. Haar stem klonk triomfantelijk, maar tegelijkertijd een beetje verontschuldigend. Wat voor anderen gold, gold niet voor haar.

Ik bladerde het schrift door waarin ik alle uitslagen had opgeschreven en foto's en krantenverslagen had geplakt. Ik was in de ban van cijfers geraakt, van verbeteringen, records. In de Cineac zag ik alle wedstrijden nog een keer op film. Maar dan miste je toch de cijfers, die misschien nog wel belangrijker leken dan de wedstrijden die voor mijn ogen op het doek voorbijflitsten. De cijfers bleven.

Overal hingen de vlaggen uit toen Fanny terugkeerde uit Londen. In een open rijtuig werd ze vanaf het Centraal Station over het Damrak en het Rokin naar haar huis in de Haarlemmermeerstraat gereden. Rijen dik stonden de mensen, zwaaiend met vlaggetjes, langs de route. Fanny-Fanny-Fanny, klonk het. Of de yell die het Nederlandse legioen in Londen had verzonnen. 'H-O-L-L-A-N-D, Holland spreekt een woordje mee, je maintiendrai, ray, ray ray!' Zelfs mijn nuchtere vader liet het niet onberoerd. Kom, zei hij, wij gaan kijken, de Haarlemmermeerstraat is hier vlakbij. De lange straat was vol mensen gestroomd. Iedere keer als Fanny op het balkonnetje van haar huis op de eerste verdieping verscheen, werd er gejuicht en geklapt. Sommige vrouwen huilden. De buren schonken Fanny een gloednieuwe Fongersfiets. In een banketbakkerij op het Hoofddorpplein werden oranje taartjes verkocht, 'bereid met echte boter'.

In mijn kast, op de onderste plank, stonden mijn kiksen in de schoenendoos waarmee mijn vader indertijd was thuisgekomen. Maar na die Olympische zomer vol scherpe tijden en verbeterde records had ik alle belangstelling voor het voetbal verloren. Atletiek stond op een hoger peil, vond ik, omdat je het alleen kon doen, bij het leveren van prestaties niet afhankelijk was van anderen. Toen de Amsterdamse Atletiekvereniging AAC in september open dagen organiseerde om de jeugd voor atletiek te interesseren, meldde ik me onmiddellijk aan.

Die zaterdagmiddag in een bleek nazomerzonnetje had ik het gevoel alsof ik de triomf van Fanny Blankers-Koen op mijn eigen wijze herhaalde. Zonder problemen kwam ik door de series, kwart- en halve finales van de 60 meter voor pupillen heen. In de finale werd ik op mijn gymnastiekschoenen eerste met een tijd van 7.6. (Max zou hebben uitgerekend dat dat neerkwam op ruim 7,9 meter per seconde.)

Niet gek, vond de wedstrijdleider, Peter Jonkman, een blozende jongen met rechtopstaand rood haar. En dat op gymschoenen. Wil je geen lid worden? Ik knikte ijverig. Hij vroeg me mee te lopen naar de kantine. Daar kreeg ik een formulier dat mijn ouders moesten invullen. Op het formulier stond dat de atleet moest beschikken over een paar atletiekschoenen. 'Spikes' stond er ter verduidelijking tussen haakjes achter. Ik herinnerde me de nu als voorspellend klinkende woorden van rechercheur Lewis van het schoolelftal. 'Als ik jou was zou ik die voetbalschoenen maar eens inruilen voor spikes.' Toen ik die suggestie, samen met het formulier, aan mijn vader voorlegde, fronste die zijn wenkbrauwen.

'Ik had liever gehad dat je bij de verkenners was gegaan,' zei hij. 'Maar tegen atletiek op zich valt weinig in te brengen. Ik zal zien of ik die kiksen kan omruilen voor een paar spikes.'

En zo betrad ik op spijkerschoenen het walhalla van de atletiekwereld. Voor het eerst van mijn leven maakte ik deel uit van een vereniging. Tegen een kleine vergoeding kon ik bij de club mijn verdere uitrusting aanschaffen, een wit shirt met een blauwe broek.

Misschien kwam het doordat Max en jij niet in dezelfde klas van de hbs kwamen, misschien doordat jij voor het eerst van je leven in een gemeenschap werd opgenomen, een broederschap van gelijkgestemden. In ieder geval zagen Max en jij elkaar een stuk minder.

Je vader, die dacht dat je vanzelf wel schik in de handel zou krijgen en nu al spijt had dat hij die spiksplinternieuwe kiksen had ingeruild voor een paar spikes. En jij, die nu aan niets anders meer dacht dan aan hardlopen.

Max, die ook op de hbs probeerde onzichtbaar te blijven, maar daarin door zijn opmerkelijke gaven niet slaagde.

Vijf jaar van geroezemoes op overvolle gangen waar het naar natte jassen rook, lessen gegeven door mannen die in de oorlog al oud geweest moesten zijn. Op één uitzondering na. Somber licht in de gangen en trappenhuizen en voor de kamer van de directeur een borstbeeld van een nors kijkende man met dunne lippen en een snor. De klaslokalen bezaten een naargeestige akoestiek.

Het viel me al meteen op dat Max na de schoolvakantie minder spraakzaam was. Ook had hij het niet meer over uitvindingen of de vorderingen met zijn windmachine. De Olympische Spelen hadden mijn leven veranderd, maar aan Max leken ze totaal voorbij te zijn gegaan. Allemaal inspanning voor niets, vond hij mijn dagelijkse gang naar de atletiekbaan op het Olympiaplein. Hij keek nog steeds veel omhoog, alsof hij van daar een of andere vorm van redding verwachtte. Als we een enkele keer samen van of naar school fietsten, zei hij dat hij zich stierlijk verveelde. Alleen voor de natuurkundelessen maakte hij een uitzondering.

's Morgens ging je door de zware deur en langs Perenboom, de conciërge met zijn warrige haardos en grijze stofjas, een wereld binnen die niets met de buitenwereld van doen had. Er werd gefluisterd dat Perenboom dronk. In gedachten verkeerde ik ook op school op de atletiekbaan en verfijnde mijn starttechniek. Achter in mijn schoolagenda stonden mijn beste tijden genoteerd. Als enige D-klasser mocht ik al gauw met de junioren uit de B-klasse meetrainen. De clubbestuurders van AAC behandelden mij als een zeldzaam geval. Als ik de baan op kwam werd ik met naam en toenaam genoemd. Ik was iemand, een jongen met een bijzonder talent. Omdat ik zo stom was geweest aan een van de oudere jongens het verhaal over de wonderschoenen te vertellen, werd ik ook hier Karel Knal genoemd. Kennelijk had iedereen dat boek gelezen. Karel Knal! Maar ook met een lichte ondertoon van respect. Voor mijn leeftijd liep ik eigenlijk veel te hard. De clubleiding had een uitzondering voor mij gemaakt en toen ik later ook nog mee mocht doen met de starttraining van Jan Blankers, werd ik nauwlettend door de andere jongens in de gaten gehouden. Van een jongetje waar niemand rekening mee hield groeide ik in korte tijd uit tot een concurrent; een fanatiekeling van het zuiverste water.

Iedere avond knielde ik in de startblokken. Gespannen linkerbeen tegen het schuin opstaande blokje gedrukt, kont omhoog en dan de ontploffing, de linkerarm ver boven de schouder omhoogschietend.

Jan Blankers schudde zijn hoofd. Je hoofd zit te hoog, zei hij. Dat vangt alleen maar wind. De eerste twintig meter moet je zo lang mogelijk laag blijven, je ogen net onder de horizonlijn. Dan pas kom je omhoog. En denk erom: benen en armen zo hoog mogelijk heffen. Je moet zorgen dat je vliegt.

Ik keek hem leergierig vanuit de startblokken aan. Hij glimlachte met zijn dunne lippen; zuinig.

Wat ik nu zeg moet je allemaal vergeten, zei hij. Het is je lichaam dat het moet onthouden. Daar is de training voor.

En denk om je romp. Je houdt hem niet stil. Dat kost tienden van seconden.

En om onderdelen van seconden ging het. Eerst 12, toen 11.9 en zo maar door, tot ik buiten mededinging bij de B-junioren eerste werd in 11.3. Het stond breeduit in het clubblad dat ik mijn vader trots liet zien. Als je je schoolwerk maar niet verwaarloost, was zijn bezorgde commentaar. In gedachten haalde ik mijn schouders op. Ik ging wel naar school, maar leefde in een andere wereld, de wereld van wedstrijden en verbeterde tijden, zoals Max in zijn wereld van metingen en windsnelheden.

Op een zondag kwamen die twee werelden even samen. Ik had Max mee weten te tronen naar de landelijke juniorenkampioenschappen die dat jaar door AAC op de sintelbaan aan het Olympiaplein werden georganiseerd. Ik mocht als enige D-klasser op de 100 meter voor B-junioren starten en was ervan overtuigd dat ik met gemak zou winnen. Toch was ik zenuwachtig. Volgens Jan Blankers was dat een goed teken. Zo gauw je geen concurrentie meer te duchten hebt, verslap je, zei hij. Je moet ervoor zorgen dat je scherp blijft. Zonder problemen kwam ik die zondag door de twee series en de halve finale heen. Ik was zo geconcentreerd dat ik geen ogenblik aan Max dacht. Ik zag hem pas na de finale, die ik in 11.4 won. Max stond bij de windmeter te praten met de controleur. Ze hadden het over de betrouwbaarheid van het instrument, dat eruitzag als drie ronddraaiende pollepels op een stok. Op een strook onder aan het instrument tekende een naald de windsnelheid op. In mijn geval kwam het erop neer dat ik wind met een snelheid van 2,7 meter per seconde in de rug had gehad. In geval van een record zou mijn tijd van 11.4 daarom ongeldig zijn verklaard. Blijft de vlaag-informatie, zei Max. Ja, gaf de man in zijn lichtblauwe openhangende regenjas ruiterlijk toe, dat vormt altijd een probleem.

Max liep met mij mee naar de kantine. We gingen met een kogelflesje voor het raam zitten. Op het veld waren discuswerpers en kogelstoters bezig en helemaal aan de zijkant werd nog vergesprongen. Een man met een sigarenpeuk in zijn mondhoek geklemd was bezig de bak aan te harken.

'Hoe vond je het?' vroeg ik.

'De precisie viel me mee,' zei Max. 'Die Robinsonwindmeter is voorzover ik zien kan foutloos. Ik had er zelf ooit een willen bouwen, maar ik heb de spullen niet. Maar de tijdwaarneming is een zootje.'

Ik protesteerde.

'Er zitten twee tijdwaarnemers met chronometers boven elkaar op het trapje naast de finish. Soms, bij belangrijke wedstrijden, wel drie.'

'Maar wanneer drukken ze hun stopwatch in?'

'Zo gauw ze het schot horen.'

'En wanneer horen ze dat?'

'Als het klinkt,' zei ik, 'op hetzelfde moment dat ik het hoor en begin te lopen.'

'Je kunt hard lopen, maar je denkt niet na,' zei Max. 'Voor het geluid van het schot het oor van de tijdwaarnemer bereikt, is er al een fractie van een seconde verstreken.'

Een jongen in groen trainingspak met een roodwitte handdoek om de schouders geslagen bleef bij ons tafeltje staan.

'Zeg, wijsneus,' zei hij tegen Max, 'die tijdwaarnemers reageren niet op het geluid, maar op het rookpluimpje uit het startpistool.'

'Ook dan blijft er een verschil,' hield Max vol. 'Het mag dan miniem zijn, maar het bestaat. Je kunt dat alleen elimineren door het startpistool en de chronometers aan elkaar te koppelen.'

'Ik zou zeggen, ga daar maar mee naar de wedstrijdcommissaris.'

'Misschien doe ik dat ook wel,' zei Max. Ik kon zien dat hij kwaad was.

Toch had Max gelijk. Een paar jaar na dat gesprek op die zondagmiddag werd de eerste elektronische tijdmeting in Nederland ingevoerd.

De enige leraar die zich in het college van oude mannen met grijze pakken, vesten en horlogekettingen op school onderscheidde was Bronkhorst, de leraar Nederlands, een jongensachtige man die nooit een das droeg en zijn sandalen uitschopte zo gauw hij 's morgens zijn klaslokaal betrad. Een gewoonte uit Indië overgehouden, verklaarde hij.

Bronkhorst was in hetzelfde jaar op school gekomen als wij. Hij sprak vol enthousiasme over schrijvers van wie wij nog nooit gehoord hadden. Hij hield ervan uit hun werk voor te lezen en spoorde ons aan hun boeken te lezen. Bronkhorst was een van de leraren die Max en ik allebei hadden. Max was geloof ik niet bijzonder geïnteresseerd in literatuur, maar hij had nu eenmaal de eigenschap dat hij alles wat hij gehoord of gelezen had onthield en op afroep kon reproduceren. Bronkhorst kwam daar achter toen hij terugkwam op een gedicht van Nijhoff, 'Het lied der dwaze bijen', en vroeg of iemand zich het gedicht nog herinneren kon dat hij vorige week had voorgelezen. Max reciteerde het foutloos. Bronkhorst verkeerde vanaf dat moment in de veronderstelling dat Max in poëzie geïnteresseerd was en schreef hem in als schoolvertegenwoordiger declamatie op het jaarlijkse FAMOS-toernooi, waarin de middelbare scholieren van Amsterdam elkaar op cultureel gebied bestreden. Max durfde geen nee te zeggen.

Bronkhorst gaf hem opdracht om de eerste vijftig regels van Herman Gorters 'Mei' voor te dragen. Tot ontsteltenis van de jury begon Max het hele gedicht op te dreunen – dat hij, zoals hij later tegen mij zei, de avond tevoren had gelezen en waarvan hij niets begrepen had – tot een van de juryleden hem onderbrak. Die jongen zou bij het toneel moeten, hoorde ik iemand naast mij in de zaal fluisteren. Toch won Max slechts de tweede prijs. Het had zijn voordracht aan dictie ontbroken. Max had geen idee wat dat was en het kon hem ook niet schelen. Maar Bronkhorst wel. Hij probeerde erachter te komen wat er in die jongen met die donkere ogen en dat bleke gezicht omging. En hij was niet de enige. Max baarde opzien toen hij op een culturele avond als rekenwonder optrad en de meest ingewikkelde sommen die hem vanuit het publiek werden opgegeven moeiteloos en in een handomdraai uit zijn hoofd oploste. Hij droeg een geheim met zich mee. Maar zelf ontkende hij dat. Het is helemaal niet geheimzinnig, zei hij tegen Bronkhorst. Ik zie alles voor me. Ik noem gewoon op wat ik zie, dat is alles. Daarna keek hij stuurs voor zich uit en wilde er niet meer over praten, hoe Bronkhorst ook aandrong.

Ook op de hbs was Max weer de beste leerling van de

school, al deed hij er geen enkele moeite voor. Hij zei niet veel en wilde ook daar de onzichtbare jongen blijven. Maar hij deed het beste eindexamen dat ooit op deze school gemaakt was en alle leraren struikelden over elkaar heen om hem een universitaire studierichting aan te bevelen. Max knikte. Ik denk dat het natuurkunde wordt, zei hij.

Met mijn schoolcarrière liep het minder voorspoedig. Naarmate mijn tijden scherper werden en ik de elf seconden naderde, zakten mijn schoolcijfers mee. Als het te erg werd, riep ik Max te hulp. Zijn zolderkamer was nu leeg als de cel van een monnik. Alleen de telescoop op zijn ombouw deed nog aan zijn verleden als wetenschapper denken. Toen ik hem daarnaar vroeg wees hij op de wolken buiten. Ze bewegen volgens een vast patroon. Maar er zijn ook afwijkingen. Wolken die plotseling de andere kant op drijven. Dat betekent dat het systeem dat hun bewegingen beschrijft niet precies genoeg is. En precisie, daar kwam het op aan. Ik knikte. Dat begreep ik nu.

Een gemeenschap, een broederschap. Het is niet overdreven om de atletiekvereniging waarvan ik lid was zo te omschrijven. Binnen die gemeenschap van atleten, die er allen op gericht waren hun prestaties te verbeteren, bestond er een onderverdeling in groepen. Eén groep werd gevormd door de sprinters, de ver- en hoogspringers, de tweede groep bestond uit de langeafstandslopers en de derde groep was die van de werpers en stoters. Die volgorde gaf ook de hiërarchie aan. De sprinters, ver- en hoogspringers waren beweeglijk en nerveus. Onderling werd er weinig, en dan nog op fluisterende toon gesproken. Ze konden slecht stilzitten, net zoals de gespierde en vaak kleinere langeafstandslopers, die elkaar luidruchtig op de schouder sloegen en ervan hielden na afloop van de wedstrijd in de kantine een potje te kaarten. Het laagst aangeschreven stonden de werpers en stoters. Dommekrachten, die verongelijkt rondliepen tot ze de cirkel of kooi betraden van waaruit ze zich met een kreunende krachtsexplosie van discus of kogel ontdeden.

Maar tijdens wedstrijden vormden wij één grote groep die op verschillende plekken op het veld voor onze club aan het werk was. Eensgezind. Terwijl voor de hoogspringers de doorbuigende wiegelende lat centimeter voor centimeter hoger werd gelegd en de speerwerpers met naar achteren gestrekte arm de speer in hun aanloop naar voren en naar achteren bewogen alvorens balancerend op de afzetbalk het ding los te laten en gespannen op één been huppend na te kijken, knielden wij lopers in de startblokken en probeerden onze oren te sluiten voor de geluiden om ons heen; de geschreeuwde aanmoedigingen, het gehijg, de kreten van afschuw of triomf.

Ja, wij vormden een broederschap, ook na afloop van een wedstrijd, als we met ons allen naakt onder de stomende douches sprongen en luidkeels lachten omdat onze lichamen ons opnieuw gehoorzaamd hadden. Dat gevoel van verbondenheid werd nog groter na afloop van het seizoen, als wij aan de wintertraining op het CIOS in Overveen begonnen en in broederlijke saamhorigheid onder leiding van een sportinstructeur aan de veldloop door de duinen begonnen. Het tempo werd bepaald door de langeafstandslopers met hun pezige lijven en gespierde kuiten. Hé, Zátopek, niet zo hard, riepen wij sprinters dan.

Emil Zátopek was het loopfenomeen uit Tsjecho-Slowakije dat op de Olympische Spelen van 1948 zowel de tien kilometer als de marathon gewonnen had in een afschuwelijke stijl. Lange tijd bleef hij achter in het veld hangen, tot hij zich met een woest heen en weer schuddende torso en wild maaiende armen een weg naar voren bonkte, onstuitbaar. Een paar weken na de Spelen hadden wij hem in het Olympisch Stadion aan het werk gezien. Dat is geen mens meer, dat is een machine, zei iemand. De communisten knoeien met verboden middelen, zei een ander. Anders valt het niet te verklaren. Het gaat ook om schoonheid, zei weer een ander. Neem Gunnar Hägg, de Zweed, of onze eigen Wim Slijkhuis.

En toen kwam het moment waarop ik voor het eerst onder de elf seconden liep. Dat gebeurde op een septemberdag in Amersfoort. Ideale weersomstandigheden. In de finale zou ik vijf lopers ontmoeten tegen wie ik al verschillende keren was uitgekomen. Wim Kersten, de langste van ons allemaal, Jan Hut uit Haarlem, die vaak het geluk had dat hij precies in het startschot viel, Hugo van Vliet, die met zijn korte trommelpas een ongelofelijke eindsprint in huis had, Sibbe Anema, de bijna witte Fries, die de ene keer vreselijk slecht liep om de volgende keer enorm uit zijn slof te schieten, en een Indische jongen uit Den Haag, Ardy geheten, die het aura van een negeratleet om zich heen had en voor wie we daardoor misschien allemaal een beetje bang waren. We kenden elkaars tijden. Anema en ik hadden al een keer 11.1 gelopen, de anderen 11.2 of 11.3. Maar je wist het nooit. Er speelden zoveel factoren een rol. In ieder geval waren de weersomstandigheden ideaal. Windstil en niet te warm. Ik had een half uur voor de finale licht ingelopen en wat strekoefeningen gedaan. Mijn blauwe trainingspak kriebelde tegen de binnenkant van mijn dijen. Ik ging op het gras zitten, stroopte de broek naar beneden en masseerde mijn kuiten. Het ergste wat je kon overkomen was een zweepslag. Dan lag je er in één keer uit. Dat was mij een paar keer gebeurd. Alles was dan voor niets geweest.

Trainingspak weer aan, ronddrentelen, vanuit je ooghoeken je tegenstanders observeren. Tot het zover was, je achter je startblok in de jou aangewezen baan plaatsnam, je trainingspak uittrok en langzaam en zorgvuldig opvouwde om zo je zenuwen de baas te blijven. Dan het 'op uw plaatsen' van de starter achter je. En dan.

Een 100 meter gaat te snel voor je geheugen. Je bent een explosiemotor. In een rechte lijn vlieg je op het lint in de verte af. Opzij kijken naar de anderen kan je uit je ritme brengen en dus blijf je recht vooruit kijken, buigt je romp voorover en raakt als eerste het vallende lint.

Toen de tijd op het scorebord verscheen stormden er van alle kanten clubgenoten op me af, maar zelf was ik eigenlijk alleen maar stomverbaasd dat ik niet gevoeld had, geen moment, dat ik de magische elfsecondengrens doorbroken had. 10.9. Drie tiende seconde verwijderd van de beste tijd van de Nederlandse kampioen van dat moment, Theo Saat. Verder durfde ik niet te denken.

Op de laatste wedstrijd van dat jaar liep ik in Haarlem 10.7 en was daarmee de snelste junior van AAC. Thuis stond de ombouw van mijn opklapbed vol bekers en vaantjes. Mijn vader en Jan Blankers zeiden allebei hetzelfde: verwaarloos je schoolwerk niet. Maar ik kon maar aan één ding denken: ik was definitief in de ban van de topsport geraakt. Prestaties waren er om verbeterd te worden. Je kan nog sneller, zeiden mijn clubgenoten. Forceer je niet, zei Jan Blankers. Je bent nog jong.

Om precies te zijn: ik was veertien jaar.

Iemand die ooit aan topsport heeft gedaan, deel heeft uitgemaakt van dat ijle universum van steeds snellere tijden, weet dat hij in een glazen stolp leefde waar de geluiden van de buitenwereld nauwelijks in doordrongen. Je hele leven voltrok zich volgens een vast stramien. De tijd waarop je opstond, wat je ontbeet, hoe lang je moest trainen, hoe laat je naar bed moest. Wat je vooral vermijden moest: drinken, roken en 'spelen met jezelf', zoals dat een keer in het clubblad te lezen stond in een artikel van een sportdokter. Je leefde in een keurslijf van gewoonten waar je de rest van je leven heimwee naar zou houden. Als je je aan de regels hield, kon je niets overkomen dat een verbetering van je persoonlijke record in de weg stond. Soms kon je ongeduldig worden als het resultaat op zich liet wachten. Vergeet niet dat je ieder jaar sterker wordt, zei Jan Blankers. Je bent nog in de groei.

Eén keer per week kwam er een masseur van de club bij ons thuis. Dan trokken mijn ouders zich gewillig achter de glas-in-lood schuifdeuren in de kamer en suite terug, werd de eetkamertafel ontruimd en uitgetrokken en lag ik daar in mijn onderbroek terwijl de masseur mij wreef en beklopte en insmeerde met een olie waarvan de lucht nog uren later in de kamer bleef hangen als een opwindende muskusgeur.

Mijn moeder had zich sinds de tweevoudige overwinning van de concertpianiste Micheline Ostermeyer geheel met mijn atletiekleven verzoend, mijn vader was langzaam maar zeker onder de indruk gekomen van die steeds voller rakende ombouw op mijn zolderkamer. Maar denk nu vooral niet dat je net zo goed bent als Fanny Blankers-Koen. Een mens moest vooral niet naast zijn schoenen gaan lopen, ook een atleet niet.

De zomer van 1951. Met de hakken over de sloot was ik overgegaan naar de vierde klas ('Wouter kan beter'), maar mijn persoonlijke record op de 100 meter had ik op 10.6 gebracht; dezelfde tijd waarmee Theo Saat bij de senioren kampioen van Nederland was geworden. Groepsleider Haveman spoorde mij aan mijn talenten ook te richten op de 200 meter en het verspringen. Hoewel ik bij het verspringen al meteen 5,89 meter sprong en de coach van de verspringers mij bij zijn ploeg wilde hebben, zag ik er toch van af. Ik voorzag dat ik dan nog meer zou moeten trainen, me een geheel nieuwe tactiek eigen moest maken. Nee, ik wilde me blijven concentreren op die 100 meter. De 200 meter, die ik een paar keer op wedstrijden meeliep, vereiste een heel andere verdeling van krachten. Over het 'opbouwen' van een race wilde ik niet nadenken, ik wilde maar één ding: mijn tijd nog scherper stellen. Jan Blankers had er wel begrip voor, al vond hij het jammer dat ik het niet nog eens wilde proberen. Blankers was een forse man met dun achterovergekamd haar dat hij met brillantine op zijn plaats hield. De scheiding liep als een messnede over zijn schedel. Naast het gewone trainingsprogramma voor de sprinters, dat bestond uit het afwisselend lopen in loop- of snelwandelpas, het aanzetten tot een korte sprint van 50 meter, de zogenaamde 'Steigerung', overgaand in een 100 meter op halve kracht en dat zo drie ronden lang, liet hij mij die zomer meetrainen met twee kogelstoters, Jan en Arie Bruggink, broers die in Amsterdam-Noord woonden. Ik hoefde niet met de kogel te werken, alleen met lichte halters. Dat was om mijn longinhoud te vergroten.

Jan Blankers hield me scherp in de gaten om te voorkomen dat ik overtraind zou raken, zoals hij zei. Je moet precies op tijd in vorm zijn. Daarom had hij in een schrift een strikt trainingsschema voor me opgesteld. Vaak nam hij me na afloop van een training apart om nog wat puntjes op de i te zetten. De andere jongens voelden dat Blankers plannen met mij had, plannen waar zij buiten werden gehouden. Achter mijn rug werd ik een uitslover genoemd. In mijn kledingkastje vond ik een keer een kartonnen doosje met groene zeep. Een slijmerd vonden ze mij, een kontlikker. En als ik een proefsprint trok, was er altijd wel een van de jongens naast de baan die luidkeels en spottend 'tien, tien' riep. Ik probeerde me er niets van aan te trekken.

Ik hield van de atletiekbaan in zijn beschutting van ritselende rijen populieren. Zo nu en dan hoorde je op de Stadionweg een auto voorbijrijden, maar meestal was het, op het ruiselen van de bomen om mij heen na, stil. De mensen waren thuis. Hier en daar gingen de schemerlampen in de huiskamers hoog rond de baan al aan. In de lucht piepten zwaluwen. Het gras van het middenterrein was pas gemaaid en geurde in de avond. Dit was mijn wereld en onder leiding van Jan Blankers zou ik langzaam maar zeker steeds sneller gaan lopen. Mijn bijnaam, Karel Knal, hoorde ik niet meer.

Op een avond kwam Blankers in gezelschap van zijn vrouw. Ze droeg een blauw trainingspak, rond de hals afgebiesd met een witte rand. Ik trilde op mijn benen, een ader in mijn hals begon woest te kloppen. Hier stond ik oog in oog met de grootste atleet van Nederland. Fanny zag hoe zenuwachtig ik was en daarom sprak zij me toe alsof ik haar zoon was. 'Dus jij bent die aanstaande kampioen van Nederland,' zei ze lachend. Ze had grote voortanden in een smal gezicht. Haar blonde haar had ze met een houten speld opgestoken. Ik keek naar Jan Blankers en wist niet wat ik antwoorden moest. De trainer moest met haar over mij gesproken hebben. 'Laten we een wedstrijdje lopen, Wouter,' stelde de atlete voor en begon haar trainingspak uit te trekken. Nu wist ik helemaal niet meer waar ik kijken moest. Maar Jan Blankers in zijn loshangende lange regenjas knikte me vriendelijk toe. Ja, waarom niet. 'Gewoon voor de lol,' zei hij. 'Fanny is nieuwsgierig naar je.'

Ook ik trok mijn trainingspak uit. Uit de openstaande ramen van de kantine klonk accordeonmuziek. Ik liep naar een van de startblokken en zette de blokjes in de juiste stand. Ik wist dat Fanny Blankers-Koen op dit moment hetzelfde deed, maar ik durfde niet opzij te kijken. Daar klonk de stem van de trainer. Kortaf, bijna bits. 'Op uw plaatsen. Klaar! Af!'

Vanaf het begin hoorde ik Fanny achter mij. Misschien hield ze zich in. Maar ik kon niet anders dan voluit gaan. Als ik eenmaal liep, kon ik me niet meer inhouden. En toen hoorde ik haar helemaal niet meer. Met meters voorsprong kwam ik over de finish.

Met gebogen hoofd liep ik over het middenveld terug naar de startplaats. Halverwege kwam zij naast me lopen.

'Heel goed, Wouter,' zei ze. 'Je hebt echte sprintersbenen.' Ze keek er even goedkeurend knikkend naar. Ik kreeg een kleur en daar moest ze om lachen. Terwijl ze haar trainingspak weer aantrok zei ze: 'Misschien zien wij elkaar in Helsinki.' Ik maakte een afwerend gebaar. 'Theo Saat is beter dan ik,' mompelde ik. 'Theo moet oppassen,' zei ze en liep in de richting van de kantine.

Die avond kwam ik thuis met het verhaal dat ik Fanny Blankers-Koen had ontmoet. Mijn moeder wilde er alles over weten. Natuurlijk vertelde ik haar niet dat ik de 100 meter tegen haar gelopen had. Ik schaamde me diep dat ik zo royaal van de viervoudige Olympisch kampioene had gewonnen.

'Hoe was ze?'
'Nou, gewoon.'
'Zei ze wat over jou?'
'Dat we elkaar misschien in Helsinki zouden zien.'
'In Helsinki?'
'Daar zijn volgend jaar de Olympische Spelen.'
'Ik geloof dat die mensen van AAC niet goed wijs zijn,' zei mijn vader, 'om jou het hoofd zo op hol te brengen.'

Die avond trok ik alle foto's van Fanny Blankers-Koen van de muur. De losgeschoten punaises tikten naar alle kanten weg over het zeil van mijn zolderkamer. Ik had haar onttroond, vernederd. Ik wist zeker dat me een straf boven het hoofd hing; een zweepslag of nog iets veel ergers.

'Ik zie Max nooit meer,' zei mijn moeder. 'Hebben jullie ruzie of zo?'

Ik schudde mijn hoofd. Maar zij had gelijk. Niet alleen Max was onzichtbaar geworden, ook de rest van de wereld was verdwenen. Het enige wat bestond was de gesloten wereld van het hardlopen, waarbinnen ik langzaam maar zeker mijn weg naar de top zou vinden, de absolute top.

Daar had het alle schijn van. In de winter van 1951 kreeg ik een brief van de voorzitter waarin hij uiteenzette dat het bestuur in overleg met het Nederlands Olympisch Comité, 'na rijp beraad', besloten had mij dispensatie voor mijn leeftijd te verlenen en mij mee te laten doen aan de selectiewedstrijden voor de Olympische Spelen in 1952 in Helsinki. Toen die eenmaal achter de rug waren en mijn uitverkiezing een feit was, begonnen de kranten over mij te schrijven. 'Jongste atleet (16 jaar) neemt deel aan Spelen.'

Er kwam zelfs een fotograaf bij ons thuis. Max had mij ook in de krant zien staan.

'Je weet dat het daar altijd waait, in Helsinki,' zei hij.
'Ja, Beaufort,' zei ik. 'Windkracht 13. Is het nou goed?'

Een mens kan zichzelf als een horloge opwinden. Als hij het goed doet, staat hij strak gespannen als een veer en begint dan te lopen. Doet hij het verkeerd, dan knapt de veer en staat hij stil.

Waar gaat het bij de Olympische Spelen om? Pierre de Coubertin, de oprichter (of moeten we zeggen: uitvinder) van de Olympische Spelen, beweerde dat het om het meedoen ging, niet om het winnen. Maar er was natuurlijk geen atleet die daar zo over dacht.

De Olympische Spelen gaan over het organiseren ervan. Jarenlang is men daarmee bezig, tot de dag komt waarop het programma vlekkeloos moet worden afgewerkt. In Helsinki waren ze al in 1940 bezig met de organisatie, toen de Tweede Wereldoorlog ertussen kwam. In 1952 was het eindelijk zo ver. Voor het stadion stond een standbeeld van Paavo Nurmi, de legendarische Finse langeafstandsloper, die in 1932 door de internationale atletiekfederatie was geschorst omdat hij zich in de Verenigde Staten een onkostenvergoeding had laten aanleunen. Die had hij niet mogen aannemen. Nu was hij geen rechtgeaarde amateur meer die kon strijden tegen andere amateurs. De enigen die zich goed lieten betalen waren de organisatoren, de officials.

Die zagen wit om de neus toen tijdens de openingsceremonie een meisje in een witte jurk het spreekgestoelte beklom en de menigte wilde toespreken over de wereldvrede. Barbara Rotraut-Pleyer heette zij. Zij werd in naam van de lieve vrede met harde hand verwijderd. Sommige kranten schreven dat zij communiste was.

Een hemelsblauwe blazer waarvan de mouwen tot aan mijn vingers reikten en een grijze broek waarvan de pijpen mijn gepoetste zwarte schoenen op de punten na aan het oog onttrokken. Ik voelde mij opgelaten tussen al die volwassenen, die lachend en pratend over de vliegtuigtrap de DC 6 naar Helsinki in klommen. In de verte zag ik Fanny staan, haar haar strak naar achteren gebonden, wat haar gezicht met de hoge jukbeenderen nog wilskrachtiger maakte. Ze zag me niet. Ik hoopte maar dat ze me niet herkennen zou. Voor de eerste keer verlangde ik terug naar school. Niet alleen mijn Olympische uniform, deze hele wereld was me veel te groot.

Van de vliegreis herinner ik me weinig, alleen dat mijn oren nog uren later suisden en ik nauwelijks verstond wat er tegen me werd gezegd. Op het vliegveld van Helsinki stonden enorme plassen. Waaien deed het niet. In twee bussen reden we van het vliegveld naar het Olympisch dorp over verlaten wegen en langs enorme rotspartijen en dennenbossen waartussen zo nu en dan een meer schitterde. De Russen, die voor het eerst na de oorlog weer meededen, waren samen met een aantal Oost-Europese landen ondergebracht in een apart dorp. Het waren en bleven tenslotte communisten. De borden langs de kant van de weg stonden vol raadselachtige, onbegrijpelijk lange woorden. Fins. Alsof iemand een doos met losse letters had uitgestrooid.

Ik deelde mijn kamer in het dorp met Theo Saat, die op de 100 en 200 meter zou uitkomen. Ik was alleen voor de 100 meter ingeschreven. Ik had het gevoel dat ik hier op proef was, dat ik een examen moest afleggen waarvoor ik nog niet helemaal klaar was. Jong geleerd, oud gedaan, lachte Theo. Je hebt nog een heel sportleven voor je. Ik keek naar de druipende dennen voor het raam. Nederland was ijzingwekkend ver weg.

Zaterdag 19 juli, de dag van de opening, werd iedereen met bussen naar het stadion gereden. Alleen degenen die in het openingsdefilé meeliepen gingen in de officiële blazers en grijze broeken of rokken gekleed. De anderen mochten hun eigen kleren dragen. De wolken leken ieder moment het stadion in te zullen zakken. En toen begon het te regenen. Gestaag. De landenparade begon met een muziekkorps en de Griekse delegatie, in donkere jasjes en donkergrijze broeken, een zwarte baret op het hoofd. Daarna volgden de andere landen. Elke delegatie maakte achter het muziekkorps een rondje over de sintelbaan en stelde zich daarna op het middenterrein op. Iedereen veerde op toen de Russische sporters onder de stadionpoort verschenen, gekleed in witflanellen kostuums. Er werd geklapt, maar ik hoorde ook gejoel achter mij op de tribune.

Oude heren hielden op een hoog podium vooraan op het middenveld de ene na de andere toespraak, die in het ruisen van de regen verloren ging. Meisjes en jongens in blauw-witte uniformen openden manden met witte duiven die weinig animo toonden om door de regen te vliegen. De meeste moesten tot groot plezier van het publiek uit de manden de lucht in worden gesmeten, waar ze angstig klapperend rondjes binnen de kom van het stadion draaiden om tenslotte over de betonnen rand uit het zicht te verdwijnen.

De speaker zei iets in het Fins, waarop een luid gejuich opsteeg. Iedereen keek naar de toegangspoort van het stadion, waarin een kleine atleet met een brandende fakkel in zijn geheven rechterhand verscheen. Hij liep in een trage looppas, met kleine voorzichtige stapjes. Iemand voor mij zei dat dat Paavo Nurmi was, de allerberoemdste Finse atleet. Hij bracht de fakkel tot aan de voet van de stadiontoren, waar hij werd overgenomen door een andere jongere atleet, die ermee over een trap naar de top van de toren snelde en het Olympisch vuur ontstak. Een langgerekte blauwige vlam lekte uit de schaal omhoog. Zou hij met al die regen wel aan blijven?

Samen met Theo ging ik in de eerste groep terug naar het Olympisch dorp. Wij moesten de volgende dag op de 100 meter starten. Ik in de tweede serie en Theo in de zevende.

Poging tot een reconstructie. Hoe komt het dat we zo'n moeite hebben om ons de meest dramatische momenten in ons leven voor de geest te halen? Misschien omdat lichaam en geest op die momenten een ondeelbaar geheel vormen. Onder grote spanning of in acuut gevaar handelt ons lichaam in een flits, is er kennelijk geen ruimte voor reflectie en dus voor herinnering. Poging tot een reconstructie.

Toen ik om drie uur 's middags het stadion binnenkwam regende het. Overal op de matig bezette tribunes zag je zwarte en blauw-witte paraplu's. Ik had me voorbereid op een zware baan. Bij het ontbijt had ik de namen van de atleten tegen wie ik moest lopen doorgelezen zonder dat ze tot me doordrongen. Een Amerikaan, een Pool, een neger uit Jamaica. Het deed er ook niet toe. Ik stond er alleen voor. Je verstand uitschakelen. Vertrouwen op je kracht en je lichaam. Dat had Theo tegen mij gezegd.

Ik probeerde niet om me heen te kijken, me te concentreren op de baan, de wedstrijd die nu ieder moment beginnen kon. De speaker kondigde de serie aan, las onze namen op. In de eerste serie had niemand onder de 10.7 gelopen.

Een zware baan dus. Maar geen wind van betekenis. Ik had de tweede baan geloot. Toen ik mijn trainingspak uittrok, voelde ik mijn kuitspieren trillen. Ik bukte me en wreef ze warm. De regen spetterde in mijn nek. Toen kwam het Finse commando. Niemand verstond de woorden, maar iedereen wist wat ze betekenden. Ik hurkte in de startblokken. Weer klonk er een Fins woord. 'Valmina.' Ik kwam omhoog. Toen het schot geklonken had zat ik nog in die houding, met mijn kont omhoog, alsof ik op dat ogenblik gevangenzat in een foto. Ik zag de lopers ver voor mij uit finishen. Langzaam liet ik mijn romp zakken, kwam overeind, pakte mijn vochtige trainingspak op en liep door de toegangspoort onder de half gevulde tribunes de gang naar de kleedkamers in. Mijn spikes krasten over het beton. Iemand kwam naast mij lopen, sloeg een arm om me heen en zei: 'Overconcentratie. Je was eenvoudig te gespannen.' Ik heb zijn gezicht nooit gezien. Toen welden de tranen in mijn ogen. Op het moment dat het erop aankwam, waarop ik de snelste tijd van mijn leven had moeten neerzetten, bleef ik doodstil zitten, als een konijn voor de lichtbak. Verlamd. Maar waardoor? Ik kon het niet begrijpen.

Een van de officials, een kalende man die sterk naar een goedkoop merk aftershave rook, bracht me in een auto terug naar het Olympisch dorp. Niemand lette op mij, het nieuws was kennelijk nog niet tot het dorp doorgedrongen. In een alles verterende schaamte begon ik mijn koffer te pakken. Ik wilde hier weg, zo gauw mogelijk.

Voor het eerst van mijn leven maakte ik mee hoe het is als iedereen je laat vallen, als niemand je meer ziet staan. Hoe je met een lichaam dat aan alle kanten pijn doet, voor de anderen plotseling onzichtbaar bent geworden. Ik had mijn land te schande gemaakt, mijn falen straalde af op de rest van de ploeg. Zelfs Theo Saat, die in zijn serie tweede was geworden in 10.9 en ook de kwartfinales doorkwam met een tweede plaats in 10.6, staarde mij stomverbaasd aan. Niemand sprak een woord tegen mij. Ik lag eruit. Dat werd me die avond ook officieel meegedeeld. De volgende dag zou ik samen met andere uitgeschakelde sporters naar huis vliegen.

In het vliegtuig werd geen woord gesproken. Iedereen om mij heen had zijn droom in scherven zien vallen. Op Schiphol keek niemand naar die jongen met zijn blauwe sporttas. Hoe kon ik mijn clubleden ooit nog onder ogen komen?

'Wat gebeurde er precies?' wilde mijn vader weten.
 'Ik weet het niet,' zei ik. 'Ik bleef zitten. Ik weet ook niet waarom. Overconcentratie, zei iemand na afloop.'
 In de maandagkrant werd aan mij slechts één regeltje gewijd. De zestienjarige Wouter van Bakel kwam zelfs niet aan lopen toe. Hij bleef bij de start in de blokken zitten en verliet diep teleurgesteld de baan.
 'Er zijn belangrijker dingen in het leven,' probeerde mijn vader me op zijn onhandige manier op te beuren. Hij begreep er niets van. Mijn wereld was ingestort. Het liefst zou ik onzichtbaar zijn geworden. Het stond voor mij vast dat ik me nooit meer op de atletiekbaan zou vertonen.
 De volgende dagen volgde ik op de radio de ondergang van Fanny Blankers-Koen, die last had van een steenpuist en met penicilline werd behandeld. In de halve finale van de 100 meter kon ze niet meer starten. Een paar dagen later liep ze op de 80 meter horden een horde omver en hetzelfde gebeurde in de finale. Geen medaille. Jan Blankers besliste dat

ze niet meer zou starten op de 200 meter en in de estafette.

'Je bent niet de enige,' zei mijn moeder. Maar dat was ik wel. Fanny was door ziekte uitgeschakeld, ik had mijn ondergang aan mezelf te danken, aan iets in mezelf dat ik niet begreep.

Ik kwam zelfs niet meer in de buurt van het Olympiaplein. De schande was te groot. Ook de club liet aanvankelijk niets van zich horen. Daar was mijn vader woedend over. Hij wilde een brief aan de voorzitter schrijven. Als je dat maar uit je hoofd laat, snauwde ik.

Op mijn zolderkamer bladerde ik het schrift met mijn tijden door. Hoe ik van 12.0 langzaam maar zeker naar 10.6 was opgerukt. Een stijgende lijn die plotseling afbrak. De cijfers staarden me inhoudsloos geworden aan. Het gevoel in een vrije val te zijn geraakt die niemand meer tegen kon houden. Iedereen leek zich van me te hebben afgekeerd.

En toen, een paar weken later, kwam die brief van Jan Blankers. Ik moest het mijzelf niet verwijten. Ook hij gebruikte het woord 'overconcentratie'. De wereld ligt voor je open, schreef hij. Hij verwachtte me na de zomer dan ook gewoon op de training.

Maar voor mij was het afgelopen. Iets was er geknapt. Mijn vader las de brief. Een ongeschoold handschrift, was zijn commentaar.

Aan Max waren de Spelen voorbijgegaan. Daarom zat ik in die tijd weer vaak bij hem thuis. Hij hielp mij met mijn huiswerk. Op het platje stond zijn windmeter, half af. Ik mis de juiste onderdelen, zei hij. Daarom draait hij niet.

'Weet je nog dat van die onzichtbare jongen?' zei ik op

een middag toen we proefopdrachten voor het komende eindexamen zaten te maken.

'Het is allemaal een kwestie van concentratie,' zei Max terwijl hij met een lucifer zijn nagels schoonmaakte. 'Zien zonder gezien te worden. Als we straks van school zijn zal niemand zich ons meer herinneren.'

Daar moest ik om lachen en hij ook. Een bevrijdend toekomstperspectief leek ons dat.

Aan een windmeter heb je niets als de wind hem wegwaait. Dijken hebben een bepaalde hoogte. Kinderen kruipen onder de dekens en luisteren huiverend en geborgen naar de gierende wind, het gekraak van takken, het gerammel op het dak en het her en der neerkinkelen van dakpannen op straat. Verwoed rukt de wind aan deuren, loeit tussen tochtstrips, laat ramen in hun sponningen trillen. Het huis lijkt er steviger, vastberadener van te worden. Tot het dak er afvliegt en het kind de witte volle maan recht boven zich in de zwarte nachthemel ziet staan, als het oog van een cycloop. Plotseling is alle bescherming verdwenen. Het begint om zijn ouders te roepen, die misschien al verdwenen zijn, meegesleurd door de opstekende storm, het duistere water in. Een roze babydekentje wegdeinend op de golven. En daarboven de ronddraaiende onverschillige machinerie van het heelal.

Er zijn gebeurtenissen die iedereen zich herinnert. Waar was ik toen, wat deed ik? De Duitse inval op 10 mei 1940, de bevrijding op 5 mei 1945. En nu dit. De nacht van 31 januari op 1 februari 1953: de watersnoodramp. De hele dag had het al hard gewaaid en in de loop van de avond nam de wind nog verder toe. Toch ging ik, zoals iedere avond, om negen uur naar mijn zolderkamer. Een ogenblik bleef ik daar in het donker staan luisteren. Het geluid van de voorbijstormende wind was als een diep en donker zoeven, zo nu en dan overstemd door een hoog en schel aanzwellend geloei. Ergens op de balkons aan de overkant sloeg iets met holle klappen tegen een wasteil. Ik deed het licht aan en probeerde naar buiten te kijken. Maar behalve de volle maan was daar niets dan duisternis. Onder de kozijnen trokken ijskoude windvlagen de kamer binnen. Ik rilde en begon me uit te kleden. Bij de buren hoorde ik de radio, een gedempte mannenstem die aan één stuk door haastig en opgewonden aan het woord was. Van de herfst hadden we een paar keer een storm gehad, maar dit was anders. Alsof het huis verplaatst was en nu vlak aan zee stond, vlak bij de op het strand beukende golven.

Vanuit de stad klonk het geluid van een aanzwellende sirene. In het Vondelpark zouden er nu bomen ontworteld worden, net als een maand geleden, toen ik vol ontzag naar het wortelstelsel van een uitgerukte kastanjeboom had staan kijken, als een gezwel van in elkaar verstrikte boomwortels, bleek oplichtend tussen de zwarte aardkluiten. Maar nu was het anders. De radiostem onder mij praatte maar door. Iets vloog met een harde klap tegen de zijmuur van het plat. Ik kroop onder de dekens en dacht aan schepen op zee, hoe die nu in nood verkeerden en rode signaalpijlen afschoten, hoe de reddingsbrigade de torenhoge golven zou trotseren om de om hulp roepende bemanning te redden. s.o.s. De korte boodschappen van marconisten kwamen van overal op zee. Scheveningen Radio had er zijn handen vol aan. Zo probeerde ik me het noodweer op die avond van de eenendertigste januari 1953 vanuit mijn bed voor te stellen: als een scène uit een boek. Om elf uur kwam mijn vader me halen. Het is beter als je naar beneden komt. Er is een ramp gaande.

Moeder droeg haar flanellen nachtpon. De radio stond aan, ik herkende de stem die vertelde over doorbrekende dijken op Schouwen, op Tholen, op Overflakkee. Een hevig gekraak en toen een mannenstem, die hijgend en kortaf vertelde hoe hij had geprobeerd een vrouw met een baby te redden. 'Tot er een vloedgolf kwam die haar en het kind wegspoelde. Het roze dekentje werd van het kind afgerukt en dobberde op de golven.' Steeds meer haastig pratende stemmen kwamen er uit de luidspreker van de radiodistributie. Geknepen meldingen van radiozendamateurs uit heel Zeeland en Brabant op aanzwellende en wegstervende golven van geruis. Mijn moeder stond op en ging thee zetten, mijn vader leek aan zijn stoel genageld. Zo nu en dan vloekte hij binnensmonds.

'Hoe hard stormt het?' vroeg ik timide. Ik begreep dat er iets heel ergs aan de hand was. Mensen en dieren dreven verdronken langs ondergelopen huizen waarvan alleen de daken nog boven water uitstaken, zo werd er gezegd.

'Een orkaan,' zei mijn vader en trok in een routinegebaar zijn vulpotlood uit het borstzakje van zijn colbert. Hij hield het potlood even verbaasd voor zijn gezicht en stak het toen terug.

'12 op de schaal van Beaufort,' zei ik.

'Hoe weet jij dat?'

Maar voordat ik hem antwoord kon geven legde hij me met een handgebaar het zwijgen op. Nieuwe meldingen kwamen binnen, nieuwe catastrofes, nog meer dijken die het de een na de ander begaven. Het water drong steeds verder het land in. Ik luisterde naar een ooggetuigenverslag uit Ridderkerk, waar mensen bezig waren hun huisraad naar zolder te slepen. Een vrouwenstem: 'Het ergste vind ik het nog van de foto's.' De verbinding werd abrupt verbroken. Er klonk plechtige muziek. Daarna deelde de omroeper mee dat de koningin zo spoedig mogelijk een bezoek aan het rampgebied zou brengen, mogelijk morgen al.

Ik herinner me het woord 'noodtoestand', maar ook en tegelijkertijd het lichte getinkel van lepeltjes in onze porseleinen theekopjes. Buiten verdronken mensen en hier zaten wij rond de tafel thee te drinken. Ik keek hoe de bruine vloeistof in het suikerklontje trok. Mensen klampten zich midden in het kolkende water aan telefoonpalen vast, de storm rukte aan hun van kou verkrampte handen en voeten. Net zo lang tot ze los moesten laten. Maar in het midden van de huiskamer stond onze tafel met erboven zijn onvermoeibaar brandende lamp. Zo herinner ik me die nacht. Alsof wij ons met ons drieën in het windstille huiselijke oog van een woedende orkaan bevonden.

'Arme mensen,' zei mijn moeder. 'Net was alles daar in Zeeland na de oorlog weer een beetje op orde en nu dit.'

'De natuur is wreed,' zei mijn vader en keek gapend op zijn horloge. 'We moesten maar eens naar bed. We kunnen nu toch niets doen.'

'We kunnen kleren en eten sturen,' zei mijn moeder.

'Morgen,' zei mijn vader.

'Waar was jij?' vroeg ik Max de volgende ochtend. De storm was gaan liggen, al woei het nog hard. Het golfplaten dak van de fietsenstalling op school lag als een uit een schrift gescheurd blad papier verfomfaaid op de grond. Twee ruiten van de gymnastiekzaal ertegenover waren ingewaaid.

'In het Vondelpark,' zei hij. Om zijn mond speelde een vergenoegd lachje.

'En je vader?'

'Die was niet thuis. Nu nog niet trouwens.'

'Er is hem toch niets overkomen?'

Max lachte schamper. 'Hij ligt bij een vrouw in bed.'

Even wist ik weer niet wat ik moest zeggen.

'Waren er nog meer mensen in het park?'
Max schudde zijn hoofd. 'Ik was de enige. Windkracht 11, met zo nu en dan uitschieters naar 12. Orkaankracht. Ik moest me een hele tijd aan het hek van het Melkhuis vasthouden. Op de lange laan heb ik vier bomen om zien gaan. Jezus, wat een geweld. Al had je moord en brand geschreeuwd, niemand zou je gehoord hebben.'
'Was je niet bang?'
'Natuurlijk was ik bang,' zei Max, 'maar ik moest erbij zijn. Windkracht 11. Dat maak je zelden mee. Het was prachtig. Dat razen door die bomen, alsof er steeds weer een racewagen met loeiende motor hoog door de lucht over je heen stormde. Ik heb er bijna twee uur over gedaan om thuis te komen. Van portiek naar portiek. Na iedere windstoot steeds een stukje verder. Het Surinameplein leek wel een draaikolk, daar woedde een echte zandstorm. Mijn schoenen zaten boordevol toen ik eenmaal thuis was.'

Alle leraren hadden een krant bij zich. We bekeken de eerste foto's van het overstroomde Zeeland. Mensen in rubberen bootjes en roeiboten die anderen van de daken van hun huizen haalden; koeien en schapen met opgezwollen buiken door de stroming naast elkaar tegen de restanten van een dijk bijeengedreven; twee bomen met verstrengelde kruinen die een wijde watervlakte afdreven; open doodskisten op een droog gebleven kerkterpje. Er werd gesproken over meer dan zeventienhonderd doden. Een onvoorstelbaar aantal.

's Middags hadden we natuurkunde van Halewijn, een dun kaal mannetje, altijd in hetzelfde zwarte pak, waaruit hij voortdurend een grote witte zakdoek opdiepte om zijn voorhoofd mee te deppen, om hem daarna zorgvuldig in vieren te vouwen en weg te stoppen.

Halewijn probeerde de ramp vanuit natuurkundig oogpunt te verklaren. Vloed en een zeer zware noordwesterstorm, samenvallend met volle maan en springvloed. Dergelijke verschijnselen deden zich zelden gelijktijdig voor. Een hoge- en lagedrukgebied die al een week lang om elkaar heen hadden gecirkeld. Max luisterde zwijgend toe. Hij kon zich vinden in de verklaring van Halewijn. Maar de echte oorzaak, zei hij, toen we na vieren tegen een nog steeds straffe wind naar huis trapten, weet geen mens. Anders hadden de meteorologen ons wel tijdig gewaarschuwd.

Opeens schoot hij in de lach. 'Weet je mijn windmachine nog? Hij was nog niet klaar. Ik had hem buiten op het plat staan en toen ik vanochtend uit het raam keek was hij verdwenen, weggewaaid.'

Zoals ik al zei, Max was de beste leerling van de school. De cijferlijst van zijn eindexamen was indrukwekkend: een 10 voor recht, een 9 voor economie, een 10 voor handelsrekenen, voor alle talen een 8. Hij stak met kop en schouders boven de andere leerlingen uit. Mijn hoogste cijfer was een 7½ voor Frans. Dat was ook de reden dat hij die zaterdagmiddag, toen de diploma's werden uitgereikt in de gymnastiekzaal, die voor de gelegenheid vol was gezet met klapstoelen van een verhuurbedrijf, door de directeur naar voren werd geroepen. Tijdens de toespraak vol lovende woorden, waarin hij ten voorbeeld werd gesteld aan alle leerlingen, staarde Max naar zijn schoenpunten. Hij droeg een grijs jasje en een iets lichtere grijze broek. Zijn groene, met een strakke knoop aangesnoerde das deed zijn adamsappel over de boord van zijn witte overhemd heen puilen. Brillenjood, dacht ik. Windbuil. Onzichtbare jongen. Ik had werkelijk met hem te doen. De gymnastiekzaal zat vol trotse ouders en familieleden, maar Max' vader was er niet. Toen de directeur uitgesproken was, het diploma aan Max had overhandigd en hem nadrukkelijk pompend de hand had geschud, stapte Max langs de directeur naar de microfoon en richtte het woord tot de lichtelijk verbaasde zaal. Het was ongebruikelijk als leerlingen op een dergelijke bijeenkomst het woord voerden. Maar Max was ook een ongebruikelijke leerling.

'Het is met een zucht van verlichting dat ik afscheid neem van deze school. Mijn eindexamencijfers berusten op een misverstand, het misverstand dat die het bewijs zouden leveren van mijn intelligentie, zoals de directeur kennelijk denkt. Ik moet u bekennen dat ik al die vijf jaar niets heb geleerd, niets heb begrepen van de samenhang tussen de feiten die mij werden gepresenteerd. Mijn cijfers zijn niet meer dan het resultaat van een goed geheugen. Om goede eindexamenresultaten te behalen hoef je niet meer te doen dan alles uit je hoofd te leren. Met begrip heeft dit onderwijs niets te maken. Ik ben me ervan bewust dat dit niet de schuld van de leraren is, die ik hierbij allen hartelijk dank voor hun inspanningen, maar van het onderwijssysteem waar zij deel van uitmaken. Dat systeem zou nodig op de helling moeten. Feiten kan men opzoeken, de samenhang, de diepere betekenis niet.'

Max knikte kort naar de directeur, wiens schedel dieper glom dan ooit. De goede man wist niet hoe hij moest reageren, sloot de bijeenkomst met een paar haastige woorden van dank af en wenste alle aanwezigen een zonnige toekomst en een prettige vakantie.

'Eerst moet ik werken, anders kan ik niet op vakantie,' zei Max. Uit solidariteit besloot ik hetzelfde te doen, al hadden mijn ouders mij als beloning voor het behalen van mijn eindexamen een betaalde vakantie in het vooruitzicht gesteld.

We vonden een baantje op de Rijkspostspaarbank die in een groot gebouw aan de Van Baerlestraat gevestigd was. Onze werkzaamheden zouden bestaan uit het uitrekenen en bijschrijven van de jaarlijkse depositorente op de rekeningen van klanten. Van iedere klant bestond een kaart waarop het maandelijks debetsaldo was vermeld. Daarvan moest het gemiddelde worden uitgerekend, waarna over dat bedrag een rentepercentage van 2,1 procent moest worden berekend en bijgeschreven. Het was een typisch vakantiebaantje. De kelder waarin wij aan lange tafels het werk moesten verrichten zat vol scholieren zoals wij. Naast de deur was een glazen hok waarin de afdelingschef Haasbroek zetelde. Haasbroek rookte onafgebroken en werd al gauw Asbroek genoemd, zijn donkerblauwe pantalon zat onder de grijze vlekken. Hij liep voortdurend tussen de tafels heen en weer en maakte aanmerkingen op het werktempo.

Aan iedereen had hij een kladblok en twee ballpoints uitgereikt. Max en ik zaten natuurlijk naast elkaar. Al aan het eind van de eerste dag had Max tweemaal zoveel kaarten verwerkt als de andere vakantiekrachten. Zelfs Asbroek stond verbaasd over zijn prestatie. Zo vlug hoeft het nu ook weer niet, had hij Max toegevoegd. Toen hij zag dat Max' kladblok onbeschreven was keek hij hem wantrouwig aan en pakte toen de laatste stapel kaarten van zijn tafel.

'Hoe bereken je de rente?'

'Uit mijn hoofd, meneer,' zei Max naar waarheid.

'Als dat zo is, dan hoor jij hier niet,' zei de chef. 'Je hoort nog van me.'

Hij nam de stapel kaarten mee.

Maar Max hoorde de volgende dag en de dagen erna niets meer van de afdelingschef, die hem tijdens zijn controletochten langs de tafels alleen maar met een schuin hoofd aanstaarde.

'Ik kan het toch ook niet helpen,' zei Max.

'Je moet gewoon wat langzamer werken,' zei ik. 'Anders moeten we allemaal harder. Voor je het weet sta je hier als uitslover bekend.'

Max keek me vol onbegrip aan.

Tot eind augustus zaten we dagelijks in die kelder aan de Van Baerlestraat. Alle jongens – meisjes werkten er niet op deze afdeling – keken tijdens het werk door de tralies van de keldervensters naar de voorbijstappende vrouwenbenen en voorzagen ieder paar van commentaar. Maar zelfs dan keek Max niet op. Hij fixeerde de saldo's op de gele klantenkaarten, berekende het gemiddelde en daarna de rente, die hij onder het laatste saldo bijschreef. Ik schat dat hij ongeveer drie seconden voor een kaart nodig had.

Op onze laatste werkdag werd Max bij de afdelingschef in zijn glazen hok geroepen. Ik ging alvast naar buiten en wachtte voor de zware deur van de spaarbank. Het was geen beste zomer, maar die dag scheen de zon. Toen Max naar buiten kwam glimlachte hij afwezig.

'Ik blijf,' zei hij. 'Haasbroek heeft me opslag beloofd als ik blijf.'

'Maar onze vakantie dan?'

Ik had er vast op gerekend dat wij samen zouden gaan, het liefst naar het buitenland. Parijs, Londen. We zouden de hele maand september weg kunnen blijven. In oktober moesten we terug zijn om te worden gekeurd voor militaire dienst.

'Dit vind ik prettiger dan vakantie,' zei Max. Toen hij mijn teleurgestelde gezicht zag, zei hij: 'Sorry, maar ik heb het beloofd.'

We fietsten naar huis zonder iets tegen elkaar te zeggen. Ik had de pest in. Op het Surinameplein stak ik kort mijn hand naar hem op. Maar hij reageerde niet.

Toch ging ik de volgende avond naar hem toe, maar hij schudde zijn hoofd. Nee, het beviel hem te goed op die bank. Ik vond het anders nogal stom werk, zei ik. Max beaamde het, maar zei dat dat juist een voordeel was. Hij had zich aan het tempo van de anderen aangepast en kon het werk zo op zijn sloffen af. Het klonk alsof hij daar zijn hele leven wilde blijven. Ik dacht dat je natuurkunde wil gaan studeren, zei ik. Alles op zijn tijd, zei Max. Eerst in dienst en dan zien we wel verder.

'Dan ga je toch alleen naar Parijs?' zei mijn moeder. 'Je bent toch niet met die jongen getrouwd?'

'Met een 7½ voor Frans kun je je daar best redden,' voegde mijn vader eraan toe. 'Straks moet je in dienst en kun je anderhalf jaar nergens meer heen. Of ze zouden zo stom moeten zijn om Nieuw-Guinea te willen gaan verdedigen. In Den Haag zijn ze tot alles in staat.'

En dus ging ik alleen met de trein naar Parijs. Koen, de collega van mijn vader, wist een leuk en goedkoop hotelletje in de Rue Mouffetard, vlak achter het Panthéon.

De eigenares van Hôtel Claire keek me met geëpileerde wenkbrauwen en donkerpaars gestifte lippen wantrouwig aan. Toen ze mijn paspoort bestudeerd had, legde ze haar rechterhand open op de hotelbalie en verlangde een voorschot van drie dagen. Ik legde het bedrag in haar roodgeverfde klauw en besteeg vier smalle trappen naar een zolderverdieping. De kamer die de vrouw me liet zien kon met recht een mansarde worden genoemd. Ze ratelde iets dat ik niet verstond en liet me toen alleen. Ik ging voor het raam staan en keek naar de leigrijze dakenzee voor mij. Niemand in deze stad kende mij en ik kende niemand. Ik ging op het bed met zijn gehaakte sprei zitten en speelde met de oranje franje. Er kwam een eigenaardig gevoel over me dat me die hele week niet meer zou verlaten. Omdat het vrijwel onafgebroken regende, bracht ik dagelijks een bezoek aan het Louvre. Al die mij aankijkende gezichten waren lang geleden vergaan, het fruit op de stillevens was verrot, de landschappen onherkenbaar veranderd. Het enige dat van hen restte waren deze virtuoos geschilderde afbeeldingen. Het maakte op mij de indruk, hoe zal ik het zeggen, dat alles om me heen voorlopig was, op het punt stond uit elkaar te vallen. 's Avonds at ik in een Vietnamees restaurant niet ver van het hotel. Ik keek naar de smalle polsen en fijne vingertjes van de dienstertjes, die hoog en kirrend met elkaar spraken. 's Nachts keerden ze terug en verrichtten wonderen met mij. Nu ik uit de atletiekwereld verstoten was, mocht ik weer met mezelf spelen. De 7½ voor Frans bleek bij lange na niet voldoende om me verstaanbaar te maken.

Nu ik op die week terugkijk, begrijp ik dat ik toen gewoon in de rouw was. Nu het doel uit mijn leven was weggerukt en ik mijn tijd nooit meer zou verbeteren, leek daarmee alles tot stilstand gekomen. Zelfs toen ik weer thuis was, bleef dat gevoel van afscheid te hebben genomen. Niet alleen van de atletiek, maar ook van mijn ouders, van Max, van mijn leven. Tranen van zelfmedelijden welden te pas en te onpas in mijn ogen op. Urenlang stond ik doelloos voor het raam en keek naar de weilanden voor de deur, naar de onverstoorbaar grazende koeien. Daarachter liep de Boerenwetering, waarover zo nu en dan een motorvlet met hoog opgestapelde witte kolen voorbijtufte, een tuinder in bruin corduroy aan het roer. In de verte, achter de kassen, lag de Slaperdijk, waar ik in een vorig leven iedere woensdagmiddag riddertje had gespeeld. Ik verlangde naar het moment waarop ik in dienst zou moeten, naar iets dat me uit deze put zou helpen, me weer in beweging zou zetten. En naar een meisje natuurlijk, een onbereikbaar en beeldschoon meisje. Overal waren ze, de stad was ervan vergeven. Maar geen van hen keek mij aan met die smachtende blik die ik alleen van films kende. Mijn vader vertelde dat de gemeente plannen had om de kassen achter de wetering af te breken. Op die plaats wilde men een park aanleggen. Alles verdwijnt onder het zand, voegde hij er met een zucht aan toe. Mijn moeder en ik keken uit het raam, alsof wat zich daarbuiten voor onze ogen bevond al niet meer dan een herinnering was.

Als kind, zo rond je tiende, kon je je soms mateloos vervelen. Wat is dat precies, verveling? Het woordenboek spreekt van 'een onaangenaam gevoel, ontstaan door een onbevredigde drang naar nieuwe gewaarwordingen'. Dat was niet jouw ervaring. Er was juist geen enkele drang. Nieuwe gewaarwordingen zouden zich nooit meer voordoen. Je was gedoemd voor eeuwig in deze toestand van lamlendige lethargie te verkeren, alsof iets of iemand iedere voortgang had weggezogen, als zuurstof van onder een glazen stolp. Om je heen dansten stofjes in het zonlicht. Alleen jij bewoog niet, zou nooit meer bewegen. Je had geen geraamte meer, je lichaam leek je te zijn afgenomen. Alles om je heen, de tafel, de stoelen, de schilderijtjes aan de muur, bestond. Nog even en de dingen zouden jou verdringen. Je zou er niet meer zijn en niemand zou zich jou ooit nog herinneren. Een lege kamer zou alles zijn wat er van je overbleef.

De keuring vond plaats in de Oranje-Nassaukazerne aan de Sarphatistraat. Ik keek om me heen, maar Max zag ik nergens. Misschien was hij op een andere dag besteld. Een militaire arts beklopte mijn rug en mijn borstkas, bestudeerde mijn voeten, stroopte mijn onderbroek naar beneden en tikte even tegen mijn ballen. Toen knikte hij goedkeurend. Twee maanden later werd ik opgeroepen om me op een maandagmorgen te melden in Kamp Zeeburg aan de IJdijk.

Max werd afgekeurd. Hij begreep er niets van. Hij had precies gedaan wat die militairen van hem wilden; zich uitgekleed zelfs. Maar toen iemand die zich dokter noemde maar dat helemaal niet was hem plotseling bij zijn ballen greep, had hij de man in zijn hand gebeten. De man had heel hard gelachen en geroepen: Ik zie het al. Wat had hij gezien? Max begreep er niets van. Maar afgekeurd was hij. Ga je nu natuurkunde studeren? vroeg ik. Nee, hij keerde terug naar de bank. Hij had er vriendschap gesloten met een Chinese man afkomstig uit Indië, dat nu Indonesië heette. Hij was de oudste van de afdeling. Vijftien jaar geleden was hij, net als Max nu, op tijdelijke basis aangenomen. Maar omdat hij zich van alles en iedereen afzijdig hield, waren ze hem vergeten en was hij nooit ontslagen. Hij glimlacht naar iedereen, de hele dag. En daar neem jij een voorbeeld aan? vroeg ik ongelovig. Ik verkeer graag onder cijfers, zei Max. Het klonk alsof hij mensen bedoelde. Als hij van zijn werk kwam maakte hij de hele avond staartdelingen. Delen was prachtig. Cijfers die andere cijfers opaten, totdat er tenslotte niets van ze overbleef. En wat vindt je vader, wat vindt Leo daarvan? Die is al een maand met een vrouw op vakantie. Hij had het er zelfs over gehad dat ze misschien bij hen zou intrekken, maar dat zou hij uit alle macht tegenhouden. Zijn vader moest maar geduld oefenen en wachten tot zijn moeder uit Canada terugkwam. Maar misschien komt ze niet terug, zei ik, misschien heeft ze daar een andere man ontmoet. Max sloeg zijn handen voor zijn oren. Ga weg, siste hij, mijn moeder is geen hoer. Ga weg.

Er zijn van die mannen die over hun diensttijd praten als over de mooiste tijd van hun leven. Ik heb daar nooit iets van begrepen. De eerste zes weken in het barakkenkamp herinner ik me als een periode waarin alles in de looppas moest worden uitgevoerd. Voor het eerst van mijn leven maakte ik kennis met wat men wel 'het volk' noemt, een groep luidruchtige, boerende, kaartende en schuine taal uitslaande imbecielen, die niet rustten tot ook jij meeboerde en scheten liet. Deed je dat niet, dan werd je uitgesloten, vastgegrepen en uitgekleed, waarna je pik met schoensmeer werd ingesmeerd. Ik sliep met vijftien anderen op een zaal. Sommigen van de jongens kwamen uit Drenthe en haalden 's avonds vol trots demonstratief hun kunstgebit uit hun mond.

De opleiding leek erop gericht je geen moment voor jezelf te gunnen. De sergeants schepten er genoegen in allerlei zinloze opdrachten te verzinnen. Het ging erom de communisten het hoofd te bieden. Vanuit het Oosten waren die al in opmars. Maar ze zouden van een koude kermis thuiskomen. De sergeant demonstreerde hoe je je tegen een atoomaanval kon beschermen. Je dook je schuttersputje in en trok het zeil van je regencape over de kuil. En dan wachtte je tot het 'gevaar geweken was'. Iemand stak zijn vinger op, maar de sergeant was niet van vragen gediend. Gewoon doen wat ik zeg, dan komt alles in orde. Ik herinnerde me de lessen in onzichtbaarheid die Max me gegeven had en hield me zo goed mogelijk aan zijn devies. Zien zonder gezien te worden. Na zes weken kon ik een geweer uit elkaar halen en er zelfs mee schieten. Op een dag werd ik met tien anderen in een legertruck geladen en naar de legerplaats Stroe op de Veluwe gebracht, waar ik de rest van mijn diensttijd werd gedetacheerd bij de afdeling BOS (benzine, olie, smeermiddelen) van het korps Intendance.

De mooiste tijd van je leven. Het probleem was dat er geen tijd meer leek te bestaan, daar op die opslagplaats voor benzine midden tussen de dennenbossen. 's Morgens vulden we jerrycans uit groene tankwagens die het terrein op hobbelden, de rest van de dag lagen we in een barak te wachten tot het avond werd.

Ik schreef brieven aan Max, maar kreeg geen antwoord. Een paar keer ging ik op verlofweekeinden bij hem langs, maar er werd nooit opengedaan. Misschien waren ze op een lange vakantie. Maar toen ik een maand later zag dat de gordijnen voor de ramen waren verdwenen en het naambordje van de deurpost was geschroefd, begreep ik dat ze weg waren, verhuisd. De benedenburen, een man en vrouw die om beurten een levensmoede herdershond uitlieten, schudden ontkennend het hoofd. Geen idee.

Tijdens een lang verlof waar ik als bijna-afzwaaier recht op had, bracht ik een bezoek aan de Rijkspostspaarbank. Het meisje achter de balie in de hal belde de personeelschef. Ik werd in een spreekkamertje gelaten, waar ik tien minuten in het gezelschap van een ficus verkeerde alvorens de chef, ene Peper, kwam opdagen. In zijn donkere haar had zijn hoed een duidelijke rand achtergelaten. Hij luisterde naar mijn verhaal en bladerde toen wat in een map. Ah, zei hij tenslotte met een glimlach, hier staat het. Max Veldman, 'wegens wangedrag op 4 april op staande voet ontslagen'. Wangedrag? Wat moest ik me daarbij voorstellen? Dat wist Peper ook niet, hij was er niet bij geweest. Zou ik de afdelingschef, de heer Haasbroek, misschien even kunnen spreken? Die is tien dagen geleden overleden, zei Peper en trommelde ongeduldig met gekromde vingers op zijn map. Ik knikte en stond op. Peper, personeelschef. Hij liep kwiek voor me uit door een van de lange betegelde gangen en verdween toen met de map onder zijn arm geklemd om een hoek.

Wangedrag? Ik kon me dat nauwelijks voorstellen. Of had hij Asbroek, net als die militaire arts, gebeten? Maar dat hij geen spoor voor mij had achtergelaten, geen briefje, niks, stemde me bitter. Max had me laten vallen, zoals eerder de leden van mijn atletiekclub. Mijn ouders vertelde ik alleen maar dat Max verhuisd was en dat hij me nog zou schrijven waar hij nu woonde. Maar dat deed hij dus niet. Een telefoontje naar de Blookerfabriek leerde me dat meneer Veldman daar niet meer werkte. Waar waren die twee gebleven?

Ik zag ons weer zitten op de kaderand tegenover het Sint-Augustinusklooster aan de overkant van de Postjeskade. We lieten onze benen bungelen, onze schooltassen leunden achter ons broederlijk tegen elkaar. We zeiden niets. Zo nu en dan ging de zijdeur van het klooster open en haastte een zwartrok zich naar buiten, met een hand zijn platte pastoorshoed vasthoudend tegen de wind. We keken naar hem zonder iets te zeggen. Nabijheid was ons genoeg. Ik keek Max van opzij aan. Hij had kleine oren en over zijn kin lag een donker waas. Ik was trots op mijn vriend. Hij begreep meer van de wereld dan ik. Hij was de enige die me nooit in de steek zou laten.

In militaire dienst was ik na die zes weken in looppas geheel tot stilstand gebracht. Daarom wilde ik na mijn afzwaaien maar één ding: in beweging komen. Ik solliciteerde bij een reisorganisatie in Haarlem, De Trekvogel geheten, huurde een kamer en suite op de Delftlaan en kreeg een opleiding tot reisleider van De Trekvogel, die niet alleen een reisbureau was maar ook met eigen bussen door heel West-Europa reed. Mijn vader vond het zonde dat ik niet wilde gaan studeren, maar zelf vond ik dat ik lang genoeg stilgezeten had, ik wilde iets van de wereld zien.

De eerste maanden bracht ik door op het boekingskantoortje aan de Wagenweg. 's Avonds bestudeerde ik de beduimelde reisgidsen die Hans Kroon, de chef van De Trekvogel, me had meegegeven. Dat was het enige lesmateriaal. In de toekomst zou ik met een van de bussen meegaan en dan moest ik in al die vreemde steden de weg kennen, alle vragen van de busreizigers kunnen beantwoorden. Ik deed mijn best, daar in die huurkamer aan de Delftlaan, maar in mijn hoofd liepen de plattegronden van al die steden door elkaar. Gelukkig bleek het in de praktijk mee te vallen. De chauffeurs, vaak wat oudere mannen, kenden vrijwel alle steden. Mijn 7½ voor Frans werkte ik langzamerhand op tot een 8 en ook mijn Spaans, dat ik op school alleen facultatief had gevolgd, bleek beter te zijn blijven hangen dan ik gedacht had. Engels en Duits vormden geen probleem.

De echte problemen werden veroorzaakt door de busreizigers. Meestal waren het echtparen op leeftijd die zich met een mengsel van angst en inspanning de bus in hesen. Om de beurt riepen de vrouwen mij bij zich omdat ze zo nodig naar het toilet moesten. Ik probeerde het moment waarop we de weg af moesten zo lang mogelijk uit te stellen, want de reizen verliepen volgens een strak schema. Als er bij een wegrestaurant gestopt werd, moest ik alle tafels af om de menukaart toe te lichten. Ook waren er nogal wat mensen die zoutloos eten wilden hebben. Er werd veel gepraat en sommige echtparen in de bus hadden elkaar al na een paar uur in kaartkwartetten gevonden. Zelden zag je iemand naar buiten kijken. Als we tenslotte bij het hotel van bestemming aankwamen en iedereen zijn kamer toegewezen had gekregen, wachtte ik achter een pilsje in de lounge op de eerste klagers: wc's die niet schoon waren, de blinde muur waarop ze uitkeken, het lawaai op straat, de tikkende geluiden die uit de verwarmingsbuizen kwamen, het roestige water uit de badkamerkraan. Bij het gezamenlijk eten was het zaak de vakantiegangers te overtuigen zoveel mogelijk hetzelfde te bestellen om een prompte bediening niet in de weg te staan. De kok heeft maar vier handen, was een van mijn standaardgrapjes. Tabletten tegen diaree door dat 'buitenlandse' eten behoorden tot mijn standaarduitrusting.

In alle steden bleef het gezelschap angstvallig bij elkaar en naarmate de reis vorderde, viel de vergelijking tussen die vreemde landen en het vaderland steeds meer ten gunste van het thuisland uit. Eigenlijk wilden de meesten al na een paar dagen naar huis. Als ze tenslotte terug in Haarlem uit de bus stapten en mij een fooi in de hand drukten, konden ze een lach van opluchting en herkenning nauwelijks onderdrukken. Ze hadden het allemaal 'heel interessant' gevonden, maar waren toch maar wat blij weer thuis te zijn. Er gaat niets boven je eigen spulletjes. De foto's die ze onderweg genomen hadden, brachten ze nog dezelfde dag naar de fotowinkel. Als ze eenmaal veilig opgeplakt in het album zaten, konden ze hun familie en vrienden in geuren en kleuren over hun avontuur vertellen.

Zo ging het reis na reis. Of we nu naar Parijs, Madrid, Genua of Rome reden, het buitenland bleef voor de reizigers een gesloten boek, hoe ik ook mijn best deed om het voor hen te openen met allerhande wetenswaardigheden over de plaatsen die wij bezochten. Nee, ze wilden eigenlijk helemaal niet op reis. Maar omdat steeds meer mensen naar het buitenland gingen, konden zij niet achterblijven. Een kalende man met een Schubertbrilletje vatte het een keer bij het uitstappen aan de Dreef zo samen: 'Het buitenland doet je de schoonheid van je eigen land des te beter beseffen.'

Bij mijzelf verdween het gevoel op reis te zijn steeds verder naar de achtergrond. Tienduizenden kilometers legde ik in die vier jaar af, maar er bleef niet veel meer van hangen dan een vaag gevoel van verplaatsing. Je ging ergens heen om maar weer zo snel mogelijk terug te keren. Eigenlijk, nu ik op die tijd terugkijk, beleefde ik net zomin iets als in militaire dienst. 'Ik heb een potje met vet al op de tafel gezet' was het favoriete lied. Eindeloos herhaald. Aan Max dacht ik nog maar zelden.

Op een dag belde mijn vader. Er was post voor mij. Moest hij die doorsturen? Wat is het, vroeg ik. Een ansicht van een zeilschip. Er staat maar één woord op, een naam: Beaufort. Waar is hij afgestempeld? Dat kan ik niet lezen, zei mijn vader. Ik wist niet dat jij iemand van die naam kent. Een grapje van een vriend, zei ik. Stuur maar door.

Mijn vader had gelijk. Het poststempel was vol inkt gelopen. De ansichtkaart was een uitgave van het Scheepvaartmuseum in Amsterdam. Hij stelde een driemaster uit 1881 voor, de Bright Horizon, zoals er achterop stond. Nergens aan boord zag je mensen. Misschien kwam dat door de lange sluitertijd van de camera's uit die beginperiode van de fotografie, toen alles wat bewoog nog aan de gevoelige plaat ontsnapte. Het kon ook dat de mensen waren weggeretoucheerd om de statigheid van het schip te benadrukken. Een spiegelgladde zee. Toch stonden de zeilen bol.

Ik wist niet wat ik ervan moest denken. Max had mij een levensteken gestuurd, maar niet zijn adres. Zelfs met een loep kon ik het poststempel niet ontcijferen. Een tijdlang bewaarde ik de kaart, tot ik hem op een dag kwijtraakte, zoals zoveel.

II

Kennissen van je ouders hebben in 1937 een filmpje in hun tuin in Overveen gemaakt. Op dat 8mm-filmpje zijn je eerste stapjes vastgelegd. Toevallig, zei je vader, want kort daarvoor liep je nog niet. Je ziet jezelf in een wit wollen pakje, op blote voeten met je armen uit elkaar en op de punten van je tenen naar je moeder toe wankelen, die gehurkt en met wijd gespreide armen lachend op je wacht. Naarmate je dichter in haar buurt komt begin je steeds sneller te rennen, maakt de angst op je bolle gezicht plaats voor een grijns van bevrijdende gelukzaligheid.

Wat was het heerlijk om zomaar te rennen, de wind tegen je gezicht te voelen. Het doel van de beweging was de beweging. En later: de steeds snellere tijden, het verbeteren van je persoonlijk record. Harder dan alle anderen kunnen lopen. Tot je plotseling voor de tweede keer stilviel. En nu voorgoed, leek het wel.

Nee, het was geen zweepslag en ook geen geval van overconcentratie. Heel geleidelijk ging het, in het begin bijna onmerkbaar; sluipend. Op 25 april 1960 – ik weet dat zo precies omdat ik het voorval in mijn agenda noteerde – werd ik wakker met een lichte tinteling in de grote teen van mijn rechtervoet. Ik besteedde er eigenlijk geen aandacht aan, nam een douche en kleedde mij aan. Maar het tintelen verdween niet en tegen de middag kwam er een lichte pijn op, die zich eerst onder het ene en toen onder het andere enkelgewricht nestelde. Bij iedere stap was het alsof iemand mij daar van binnenuit met spelden stak.

Lopen doe je automatisch, je beweegt je van de ene plek naar de andere zonder erbij na te denken. Nu zette ik de ene voet voorzichtig voor de andere, beducht voor die bij iedere stap terugschietende pijnscheut. Gelukkig had ik een snipperdag. Ongetwijfeld zou het de volgende dag wel weer over zijn, iedereen had op zijn tijd wel eens van die pijntjes. Ik trok mijn sokken uit en bestudeerde mijn enkels. Rond de uitstekende gewrichtsknobbels zag de huid rood. Het deed geen pijn als ik erop drukte. Het zou toch niet het begin van reumatiek zijn? Dat leek me gezien mijn leeftijd vrijwel uitgesloten. Maar die rode huid zag er ongezond uit, alsof zich daaronder een ontsteking schuilhield.

's Middags ging ik de straat op om in de buurt boodschappen te doen. Ik merkte dat ik mijn enkelgewrichten nog maar met moeite kon buigen. Het lopen deed pijn. Opeens schuifelde ik stram als een oude man. Toen ik met mijn boodschappen naar huis terugkeerde, moest ik zo nu en dan stil blijven staan tot de pijn weer wat was gezakt en ik mijn tocht kon voortzetten. Ik hees me met moeite de trap op en liet me hijgend op een stoel aan tafel zakken. Wat was er aan de hand? Als het een ontsteking was zou het onderhuids moeten kloppen, maar daar was geen sprake van. De pijnscheuten gingen over in geniepige steken. Ik legde mijn voeten op een kussen. Je benen omhooghouden was altijd beter dan ze slap te laten hangen. Wat zou het kunnen zijn? Ik keek naar de bakelieten telefoon in de vensterbank, maar besloot tot de volgende ochtend te wachten voor ik de dokter zou bellen. Die avond lag ik op bed en luisterde naar de radio. Er was iets gaande in mijn lichaam waarover ik geen controle had. Ik had er nooit aan gedacht dat mijn lichaam een beweging zou kunnen weigeren, het had me altijd ten dienste gestaan. De gang heen en weer naar de wc nam ongeveer vijf minuten in beslag. Mijn pis zag niet geler dan anders. In de keuken nam ik twee aspirines in en ik besloot op tijd te gaan slapen.

De volgende ochtend duurde het even voordat ik weer besefte wat er aan de hand was. Ik ging op de rand van mijn bed zitten. De huid rond de enkels zag nog steeds even rood, de steken keerden terug zo gauw ik probeerde te gaan staan, het lopen ging nog moeizamer dan de dag ervoor. In deze toestand kon ik onmogelijk naar mijn werk. Ik belde het reisbureau en meldde me ziek. Ik zou zo gauw mogelijk laten weten wat ik mankeerde, wat de dokter gezegd had. Gelukkig woonde de huisarts niet ver, in een statig herenhuis aan de Kleverlaan.

Voor het eerst had ik oog voor de souplesse en snelheid waarmee de voorbijgangers zich op straat voortbewogen. Een meisje met vlasblond haar huppelde aan de hand van haar moeder voor mij uit. Ik zou dat met geen mogelijkheid kunnen nadoen, gedoemd als ik was tot een strompelende gang.

Dokter Vlaar beklopte mijn enkels, bekeek de rode maar niet gezwollen plekken eromheen en trok zijn wenkbrauwen op.

'Hoe oud bent u?'

'Vierentwintig,' zei ik.

'Dan is reuma vrijwel uitgesloten. Ik denk dat het een geval van acute jicht is. Ik zal u pillen meegeven. Komt u na een week maar weer eens terug. Als de klachten tussentijds verergeren, moet u direct bellen. Dan zullen we een bloedtest laten doen.'

De pillen verlichtten de pijn enigszins, maar het lopen

werd niet beter, de gewrichten bleven even stijf. Toch besloot ik niet op mijn kamer te blijven zitten. De dokter had me tenslotte geen absolute rust voorgeschreven. Voetje voor voetje schuifelde ik langs het sportpark waar een klas schoolmeisjes aan het softballen was. Tussen de stoeptegels voor mijn voeten groeiden toefjes gras en ander onkruid, licht trillend in de wind. Achter de afrastering die het sportpark van de openbare weg afsloot stond een rij paardebloemen. De meeste droegen hun gele bloemen nog, een paar waren uitgebloeid tot een wit bolletje vederlichte sporen waarvan er zich soms een losmaakte en op de wind wegzeilde. Tussen de afrastering en de krijtlijn die het sportveld markeerde, groeiden allerlei soorten grassen: pluimgras, gras met spits toelopende bladeren, gras met breed generfde bladeren. Tussen de richels van de stoeptegels voor mijn voeten renden kleine mieren af en aan, kwamen elkaar tegen en betastten elkaar rechtop staand met hun voorpoten. Het zag eruit alsof ze elkaar ten dans vroegen.

Voorbijgangers zullen wel gedacht hebben wat ik daar zo stilstaand deed (loerde ik soms stiekem naar blote meisjesdijen?). Om mij heen ontvouwde zich een miniem leven dat ik al lopend nooit eerder had opgemerkt. Niets ontging me op mijn schuifelende tocht. Op een raamkozijn een afgebladderd stuk verf dat de vorm had van een pollepel, een geoxideerd naamplaatje waarvan de letters onleesbaar waren, een verbogen paperclip die zich rond de stekelige steel van een uitgebloeide roos in de goot naast mijn voeten had geklemd. Hoe waren die ooit samengekomen, wat voor gebeurtenissen waren er voorafgegaan aan hun omstrengeling, uit welke huizen waren de roos en de paperclip afkomstig, wie had ze gekocht en later weer weggegooid? Aan de gezichten van de voorbijgangers zag ik dat geen van hen zich zulke dingen afvroeg. Daarvoor was hun snelheid te hoog.

De ziekte – want dat was het, al had ze op dat moment nog geen naam – had me mijn snelheid afgenomen, maar er iets voor in de plaats gegeven: een gedwongen oog voor detail. Ik moest opeens aan Max' filmapparaat denken. Hoe hij de snelheid van die turner had vertraagd tot het mannetje in roerloze handstand op de leggers van de brug op zijn kop bleef staan. Door mijn snelheid zo drastisch in te perken veranderde de ziekte mijn zicht op de wereld. Elk plekje, hoe onaanzienlijk ook, gaf aanleiding tot nauwkeurige observaties en vragen. De wereld leek alleen vanzelfsprekend als je er net als de anderen met een bepaalde snelheid, zestien beeldjes per seconde, doorheen liep. Ik had nooit beseft hoe snelheid de waarneming beïnvloedt, hoe dicht je bij de wereld komt zoals die echt is als je erin stilstaat, als een boom. Maar natuurlijk mocht ik me niet met die toestand verzoenen.

Op een bank aan de Delftlaan rustte ik uit. Naast mij lag een half verfrommeld exemplaar van het *Haarlems Dagblad*. Ik las het begin van een artikel. 'De stenen van de oude kloostermuur in de tuin van het Frans Hals Museum tonen de verweerde trekken der geschiedenis. Boven de muur ruist het bladerdak van een plataan in de avondwind. Zwaluwen scheren schril piepend langs de daklijsten.' Zulke zinnen gaven op geen enkele wijze een getrouw beeld van de werkelijkheid. Welke stenen dan precies? Hadden die niet ieder hun specifieke structuur en kleur? En wat een nonchalante onverschilligheid school er niet in het woord bladerdak, dat in werkelijkheid bestond uit duizenden alleen op het eerste gezicht eendere bladeren, elk op zijn eigen manier bewegend in de avondwind, waarover niet meer werd meegedeeld dan dat hij er was. Geen enkele informatie over windrichting en snelheid. En het zinnetje over de zwaluwen zou moeiteloos ingepast kunnen worden in een verhaal over een willekeurig Italiaans dorpje.

Ik beschrijf nu een proces dat zich langzaam en gaandeweg ontwikkelde, dat mij losweekte van het zogenaamde normale leven en me verstrikte in steeds nauwkeuriger observaties waaruit geen conclusies getrokken konden worden, laat staan dat men er op een aanvaardbare manier, die recht deed aan de diversiteit van de geobserveerde werkelijkheid, over zou kunnen spreken. Er had zich een nieuwe wereld voor mij geopend. Of liever, de wereld had de sluier van slordige onverschilligheid, die wij er door onze snelheid en ons nonchalante woordgebruik overheen hadden geplooid, afgeworpen. Ze staarde mij ieder ogenblik van de dag, waar ik me ook bevond, met een kale afstandelijke blik in het gezicht. Eigenlijk vielen er geen uitspraken over te doen. Al die verslagen en verhalen verhulden alleen maar haar ware karakter. Toch boezemde die wetenschap mij ook angst in. Ik wilde niet steeds verder wegzinken in deze wereld van traagheid en stilstand, van zich eindeloos vertakkende observaties en daaruit voortvloeiende detailleringen.

In de loop van die week kroop de verstijving langzamerhand op tot ze mijn knieën had bereikt en ik ook die niet meer kon buigen. Ik belde de dokter en zei dat ik niet naar hem toe kon komen.

Dokter Vlaar was een broodmagere man van in de vijftig. Een hoornen bril en sandalen die wij Robinsonsandalen noemden. Een bruin pak dat aan alle kanten om zijn lijf slobberde. Eerst probeerde hij een knie te buigen, maar toen ik een kreet van pijn gaf, hield hij op en haalde een zilveren hamertje uit zijn dokterstas. Hij tikte tegen mijn knieschijven, maar de onderbenen schoten niet zoals zou moeten met een schok omhoog. Vreemd, zei hij. Ik vertrouw het niks. Hij had een licht Noord-Hollands accent, dokter Vlaar. Hij vroeg of hij van mijn telefoon gebruik mocht maken. Even later hoorde ik hem vanuit de huiskamer met iemand praten. Het woord ambulance viel. Ik schrok. Zou het zo ernstig zijn? Het is toch niets ernstigs, vroeg ik toen hij de slaapkamer in kwam.

Een kwartier later reed de ambulance voor. Ik vond het allemaal een beetje overdreven. In de ziekenwagen bleef ik op een stoel zitten. In de Maarten van Heemskerkstraat stopte de ambulance voor de ingang van het Sint-Jozefziekenhuis. Ik werd door de twee broeders in een rolstoel gezet. Dokter Vlaar beloofde mij een van de komende dagen, zodra de eerste onderzoeken achter de rug waren, te komen opzoeken. Ik maakte me nu ernstig zorgen, maar besloot mijn ouders nog niet te bellen. Eerst maar eens afwachten wat de dokters hier zeiden. Dat ik op een kamer apart kwam te liggen vond ik ook al geen gunstig teken, maar de verpleegster die mij koffie kwam brengen stelde me gerust. Het kwam toevallig zo uit, zei ze. Morgen komt dokter Telders.

Dokter Telders was nog jong, niet ouder dan vijfendertig, schatte ik. Hij kwam joviaal op de rand van mijn bed zitten en ook hij tikte met zo'n hamertje tegen mijn knieschijven. Geen reactie. Was er sinds gisteren iets veranderd, was de verstijving ook in mijn dijen voelbaar? Ik schudde mijn hoofd en kwam op mijn ellebogen steunend overeind.

'Het is toch niets ernstigs?'

'Ik ben net met het onderzoek begonnen,' zei hij. 'Haastige spoed is in mijn vak uit den boze.'

'Daar heb ik in mijn toestand geen last van.'

Hij keek me met zijn grijze ogen even vorsend aan en glimlachte toen. 'Vertelt u mij eens precies hoe het begonnen is.'

Ik vertelde hem de gang van zaken, maar verzweeg het effect van de gedwongen loopvertraging op mijn manier van kijken. Dat leek me voor de diagnose niet van belang.

'Jicht lijkt me uitgesloten. Toch zullen we voor de zekerheid wat bloed afnemen.'

Hij vroeg me naar mijn beroep. Liep ik veel? Ik lachte. Nee, ik zat meer in de bus.

'Hebt u vroeger ook al eens dergelijke klachten gehad?'

'Nee. Hoogstens bij het hardlopen zo nu en dan een zweepslag, spierkramp in mijn kuiten.'

Hij wilde alles over mijn atletiektijd weten. Hoe lang ik dat gedaan had, hoe intensief. Hij luisterde knikkend en maakte zo nu en dan een aantekening.

'Goed,' zei hij tenslotte en stond op. 'We gaan dus eerst bloed afnemen en morgen wil ik ook wat foto's van uw benen laten maken.'

Toen hij bij de deur was schoot hem nog iets te binnen. Hij draaide zich om. 'Was u voordat u die klachten kreeg misschien net verkouden geweest?'

'Nee,' zei ik, 'ik ben zelden of nooit verkouden.'

Hij knikte en sloot de deur achter zich.

Nog diezelfde dag kwam er een verpleegster om mij een buisje bloed af te nemen. Ze moest een paar keer prikken voor ze een ader te pakken had.

Nadat er foto's van mijn benen waren gemaakt zag ik dokter Telders niet meer. Als ik naar hem informeerde, kreeg ik een kregelig antwoord van deze of gene verpleegster. Dokter Telders had nog wel wat anders te doen. Waarin was hij eigenlijk dokter? De nachtverpleegster keek mij verbaasd aan. Neuroloog, zei ze, wist u dat niet? Het raam van mijn ziekenkamer keek uit op het Bolwerk. Soms ging ik mijn bed uit, schuifelde naar het raam en keek naar wandelaars die daar hun hond uitlieten. Gemeentetuinlieden waren bezig de beschotting van een vijver te vernieuwen. Lang kon ik zo niet blijven staan. Omdat ik mijn onderbenen en voeten niet meer voelde was ik bang te vallen.

Urenlang zat ik in een stoel en staarde naar de witte wanden van de ziekenhuiskamer waarin overal zwarte punaisegaatjes zaten. In mijn hoofd verbond ik de puntjes zonder dat er een herkenbaar patroon uit tevoorschijn kwam. Voor het eerst sinds lange tijd verveelde ik me.

Toen dokter Telders twee dagen later kwam had hij de foto's bij zich. Hij hield ze tegen het licht.

'Ziet er prima uit. Nergens onregelmatigheden.'

Ook in het bloed was niets te vinden geweest. Maar de gevoelloosheid bleef en mijn gewrichten leken steeds verder te verstijven. Met moeite kon ik de gang naar de wc maken. Ik had het idee dat de arts niet goed wist wat hij met me aan moest. Hij was neuroloog en dus vroeg ik hem of het misschien iets in het zenuwstelsel was. Zou kunnen, zei hij. Het klonk nogal kortaf. Ik had zijn gebied betreden en werd er meteen weer afgejaagd.

De volgende dag kwam hij met een grijs etui. Hij rolde het open. In het etui zaten lange rijen naalden van toenemende dikte. Een verpleegster legde mij op mijn buik.

'Ik ga u een paar keer prikken,' zei Telders. 'Als u iets voelt moet u het zeggen.'

Hij begon in mijn voet en prikte zich zo langzaam een weg tot boven mijn knieën. Ik voelde niets, alsof er in mijn benen helemaal geen zenuwen zaten. Na een half uur hield hij op met zijn behandeling. Ik zou toch niet verlamd raken? Was het polio misschien?

De arts schudde zijn hoofd. 'Er is iets mis met uw gevoelszenuwen. De bewegingszenuwen lijken normaal te functioneren, anders zou u zich niet meer kunnen voortbewegen. Ik wil uw geval eerst in de staf bespreken. Daarna kunnen we kijken hoe we de behandeling verder aanpakken.'

'Behandeling waarvoor?'

'Dat zal nu juist punt van bespreking vormen.'

Hij was jong, onervaren en dus moest hij bij andere artsen te rade gaan. En ik lag hier maar. Hoe lang nog?

Ik scharrelde over de gang naar de verpleegsterspost. Onderweg kwam ik een pastoor met een mopsneus tegen. Hij knikte mij vriendelijk toe.

'Zo meneer Van Bakel, aan de wandel?'

Hoe wist de man mijn naam? Ik draaide me om, maar hij was al om een hoek van de gang verdwenen. Ik schuifelde langs een paar wit uitgebeten plekken in het grijze gangzeil naar de verpleegsterspost. Er was niemand. Ik zag ook nergens een telefoon. Ik moest gaan zitten. Toen er een verpleegster kwam, probeerde ik op te staan.

'Niet doen, niet doen,' zei ze. 'Blijft u zitten.'

Ze verdween haastig en kwam terug met een rolstoel waar ze me professioneel in hees. Ze duwde me terug naar mijn kamer.

'Geen expedities op eigen houtje meer, meneer,' zei ze. Ze tilde me uit de rolstoel en legde me op bed. De rolstoel liet ze in de kamer achter. Ik draaide het ding mijn rug toe.

Het stafoverleg had nog niet plaatsgevonden of de heren konden niet tot een diagnose komen. De verpleegsters haalden op mijn vragen hun schouders op en vroegen mij geduld te hebben. Dat heeft iedereen op de afdeling. Alles heeft hier zijn tijd nodig.

Op een dag kwam er een oudere dame met een Duits accent binnen. 'Ik kom u halen voor een wandeling,' zei ze. Ze stelde zich voor als Hanna Wehkamp, bewegingstherapeute. Ze droeg geen verpleegstersuniform.

Toen ik me uit bed liet zakken greep ze me onder mijn oksels en duwde me tamelijk hardhandig in de rolstoel. Met de lift bracht ze me naar beneden. Ze duwde me naar het Bolwerk. Ik zag dat daar nog meer patiënten in rolstoelen werden voortgeduwd.

Het is lastig converseren met iemand die achter je loopt. Vraag en antwoord blijven in de lucht hangen. Erg spraakzaam was ze trouwens niet. Ook zij wist niet wat ik had. Ze vermoedde dat het om een virus ging, maar daar moest ik haar niet op vastpinnen, zij was tenslotte geen arts. Het was al mooi genoeg dat mijn toestand stabiel leek.

Ik werd als een onmondig kind behandeld en tenslotte begon ik me ook zo te voelen. Ik legde me neer bij mijn rol van zieke. De meeste andere patiënten bewogen zich met behulp van rolstoelen of looprekken door de gangen voort. Alleen de verpleegsters en de doktoren konden zich normaal bewegen. Ze leken altijd haast te hebben en keken ons in het voorbijgaan zelden aan. Als je niet meer mee kon komen, werd je over het hoofd gezien. Elke dag vroeg ik naar dokter Telders. Eerst vriendelijk en daarna op steeds hogere toon. Tenslotte verscheen hij op een woensdagmiddag, toen ik net van mijn rolstoelwandeling met Hanna Wehkamp was teruggekeerd.

Hij ging op de stoel naast mijn bed zitten. Papieren of

een map had hij niet bij zich. Een tijdlang bleef hij zwijgend voor zich uit kijken. Ik probeerde zijn gezicht te lezen. Een spier in zijn linkerwang trilde. Hij ging met zijn tong langs zijn lippen en zuchtte.

'Het spijt me,' zei hij toen, 'dat het zo lang geduurd heeft. Aanvankelijk dachten mijn collega's en ik dat u leed aan het syndroom van Guillain-Barré, maar die diagnose hebben we toch moeten laten varen.'

Mijn vraag sprak voor zichzelf.

Het G-B-syndroom was een neuromusculaire aandoening, dat wil zeggen een aandoening die leidt tot het niet of onvoldoende functioneren van de spieren. In het geval van dit syndroom neemt de spierzwakte progressief toe en zien we ook afname van het spierweefsel, vooral aan de slapen en in de handpalmen bij de duimen. De verlammingsverschijnselen verergeren meestal in snel tempo en tasten ook de armspieren, de gezichtsspieren en zelfs in sommige gevallen de ademhalingsspieren aan.

Hij sprak over een geval, niet over mij.

'Bij u is daar echter allemaal geen sprake van. De reden dat wij u hier zo lang hebben laten wachten is dat wij in de veronderstelling verkeerden dat de verschijnselen zouden verergeren en wij de diagnose van spierzwakte met zekerheid zouden kunnen stellen. Maar de signalen van uw bewegingszenuwen komen nog steeds goed via het ruggenmerg bij de spieren terecht, zodat u zich, met hoeveel moeite ook, kunt blijven bewegen.'

'Maar als het dan niet dat syndroom van Guillaume Barré is, wat is het dan wel?'

'Guillain-Barré,' verbeterde hij, 'naar de Franse artsen die deze zeldzame ziekte van het auto-immuunsysteem voor het eerst hebben beschreven. Maar om op uw vraag terug te komen: wij tasten in het duister. De gevoelszenuwen in uw onderbenen functioneren niet meer, dat wil zeggen, signalen die via het ruggenmerg de hersenen zouden moeten bereiken zwijgen. We moeten ze als het ware weer aan de praat zien te krijgen. Mijn collega's en ik hebben daartoe een therapie ontworpen, een intensief programma ter stimulering van de gevoelszenuwen in uw benen en voeten. Dat programma kan het beste ten uitvoer worden gebracht in een revalidatiekliniek voor neurologische aandoeningen, de inrichting Woudrust hier niet ver vandaan, in Vogelenzang.'

Ik liet me achterover in de kussens zakken. Sprakeloos en verbouwereerd.

'Laat het maar allemaal even rustig op u inwerken,' zei Telders. 'U mag van geluk spreken dat u dat syndroom met die moeilijke naam niet hebt. Uw aandoening lijkt minder ernstig. Ze is al een aardig tijdje stabiel en dus kunnen we onze inspanning richten op het herstel van de tijdelijk weigerende zenuwfuncties.'

'Maar hoe lang gaat dat duren?'

'Dat durf ik u niet met zekerheid te zeggen. Zoals ik al opmerkte: uw ziektebeeld is nog niet eerder beschreven en wijkt significant af van het Guillain-Barré-syndroom. Gewoonlijk hebben zenuwen enige tijd nodig om zich van een shock te herstellen.'

'Een shock?'

'Een psychosomatische oorzaak sluiten wij inderdaad niet uit,' zei hij. Hij stond op en stak me zijn licht behaarde hand toe.

'Morgen brengen wij u naar Woudrust. Ik zal uw huisarts informeren. Zijn er familieleden die gebeld moeten worden?'

'Dat doe ik liever zelf,' zei ik.

Iedereen wil de wereld begrijpen. Of je nu zenuwbanen in kaart brengt of de tochtstromen in een kamer. Iedereen is uit op het ontwerpen van een systeem. Maar achter ieder systeem loeren de uitzonderingen.

Wie te scherp ziet, verdwaalt in details. Wie zich alles herinnert, kapseist door het gewicht in zijn hoofd. En: bestaat er wel een systeem waarin alles zijn plaats heeft?

'Au,' gromde ik en trok mijn rechterbeen op de behandeltafel terug. Tania, de zaalarts met het sproetige bolle voorhoofd en de groene ogen die een beetje loensend de wereld in keken, hield verbaasd de naald omhoog en keek me toen met een stralende glimlach aan. Ze rook vaag naar tandpasta.

'Leven,' zei ze, 'er zit weer leven in je been. Gefeliciteerd. Eindelijk gaan we de goede kant op.'

Eindelijk ja. Sinds ik hier vier weken geleden op Woudrust was gekomen, was het namelijk geen enkele kant op gegaan. Woudrust was een kliniek voor de revalidatie van patiënten met een neurologische afwijking. Veel van hen hadden een of andere motorische storing waardoor ze zich moeilijk of helemaal niet konden bewegen. In de hal naast de hoofdingang stond een groot aantal rolstoelen waarin de patiënten door het verplegend personeel werden rondgereden in het park rond de kliniek, die aan één kant grensde aan het hoge hek van de psychiatrische inrichting Vogelenzang. De meeste tijd brachten de patiënten, onder wie veel jonge slachtoffers van verkeersongelukken, door in een behandelruimte die veel weg had van een gymnastiekzaal. In plaats van ringen, wandrek en touwen stonden er allerlei apparaten bedoeld om armen en benen te trainen. Helemaal rechts in de zaal, vlak naast de ingang, was een loopbrug met leggers opgesteld. Daar hing ik vanaf de tweede dag tussen, een ander woord is er niet voor de krampachtige manier waarop ik me overeind probeerde te houden.

Ik had de indruk dat de andere patiënten steeds vooruitgingen of dat hun behandelaars in ieder geval zeker waren over de te volgen therapie. Met mij wist men kennelijk geen raad; mijn ziekte had niet eens een naam. Op de gezichten van de bewegingstherapeuten verscheen nooit een bemoedigende glimlach. Wat ze tijdens de oefeningen op de loopbrug tegen me zeiden waren niet meer dan plichtplegingen of grapjes die hun beste tijd gehad hadden. 'Nog even en je maakt een handstand op de leggers' was er zo een. Ik voelde me bespot en trok me steeds verder in mezelf terug. Er doemde een bewegingloze toekomst, gekluisterd aan een rolstoel, voor me op. 's Nachts kon ik mijn tranen van woede en verdriet nauwelijks onderdrukken.

Vader en moeder kwamen ieder weekeinde op bezoek. Mijn vader wist niet goed hoe hij zich te midden van deze ongelukkigen moest gedragen. De spastische bewegingen van armen en benen, het zoemen van de elektrische rolstoelen om hem heen, de opgewekte stemmen van de verplegers en verpleegsters deden zijn ogen voortdurend afdwalen naar de wereld buiten de ramen. Moeder bracht boeken voor mij mee en zei hetzelfde als de therapeuten. Dat ik geduld moest oefenen, dat alles weer goed zou komen. Als het mooi weer was duwden zij me in mijn rolstoel door het park, regende het dan zaten we in de recreatiezaal en praatten over koetjes en kalfjes. We dronken koffie en mijn moeder kocht een vruchtengebakje voor mij aan het buffet. Toen ze me een keer een gebakje wilde voeren, sloeg ik het wild uit haar hand. Ik ben niet achterlijk! Mijn moeder trok het gebakschoteltje verschrikt terug, mijn vader keek op zijn horloge, raapte het gekneusde gebakje van de grond op en legde het terug op het schoteltje.

Gekken waren er in de omgeving anders genoeg. In lange rijen zag je ze achter het hoge hek over het terrein van Vogelenzang sjokken. De meesten hielden elkaar bij de hand. Ze gaven schorre kreten of schreeuwden onbegrijpelijke teksten, sommigen zongen schelle woordloze liederen die meestal eindigden in dof gemompel. Hun begeleiders schonken er geen aandacht aan. Arme drommels, zei mijn moeder dan. Mijn vader schudde alleen maar zijn hoofd. Dit was een wereld waar hij geen deel van wilde uitmaken. Misschien is het bij mij ook wel psychisch, zei ik om hem te pesten. Onzin, zei hij kortaf.

Na hun wekelijkse bezoek voelde ik me eenzamer en beroerder dan ooit. Jullie hoeven echt niet iedere week te komen. Mijn vader liet zich dat geen twee keer zeggen, maar moeder bleef trouw iedere week met nieuwe boeken komen. Maar schrijvers wisten niet wat het was om zo hulpeloos in een bewegingloze wereld te leven. De beschrijvingen in hun boeken gingen uit van een gemiddelde bewegingssnelheid en daaraan gekoppelde opmerkingsgave. Daaronder ging een werkelijkheid schuil waar zij nooit aan toe kwamen. Het enige boek dat ik met een glimp van herkenning las was een verhalenbundel van Nescio. Ik herkende de landschappen die hij daarin beschreef, ik had als rekruut tientallen malen langs de Schellingwouderdijk naar Ransdorp en

Durgerdam gemarcheerd om dan over de Oranjesluizen naar Kamp Zeeburg terug te keren. Toen ik daar zo gedwongen liep, had ik nauwelijks de tijd gehad om de omgeving in me op te nemen. Nescio moest daar heel bedachtzaam hebben gewandeld en ieder boerenhek, elk slootje en kippenbruggetje hebben geregistreerd. Zijn beschrijvingen roken naar pas gemaaid gras, riepen de wolkenluchten boven het IJ op, die zich weerspiegelden in het glitterende water waarop in de verte traag het modderbruine zeil van een botter voorbijtrok. Het was een wereld waarvan ik voorgoed was buitengesloten. Nooit zou ik meer, zoals de schrijver, over smalle polderweggetjes lopen, langs sloten vol kroos en kwakende eenden en weilanden waar koeien traag en met een scheurend geluid plukken gras afrukten.

Op een middag werd ik opgehaald door een nieuwe therapeut. Hij droeg een blauw trainingspak en had blond borstelig haar. Zijn neus stond een beetje scheef en in het midden van zijn kin had hij net zo'n gleufje zitten als Kirk Douglas. Toen hij mij uit de rolstoel in de loopbrug had getild en ik mijn handen om de leggers klauwde om niet door mijn gevoelloze benen te zakken, boog hij zijn gezicht naar me toe.

'Je bent het,' zei hij. 'Toen ik je naam op de lijst las dacht ik al, het zal toch niet die Wouter van Bakel zijn. Maar ik herken je. Als sportinstructeur heb ik je nog getraind op het CIOS. Wouter van Bakel. 10.6. De Olympische Spelen in Helsinki.'

'Daar praat ik liever niet meer over. Je ziet wat er van me geworden is.'

'Luister eens goed, Wouter. Je moet dit net zo beschouwen als je vroegere trainingen. Ze zijn gericht op het verbeteren van je resultaten. Zonder doorzettingsvermogen kom je er niet. Als je niet meewerkt sta ik ook machteloos.'

Hij heette Dexter Fulham. Hij was Engelsman, maar was na de oorlog als sportleraar naar Nederland gekomen. Ook hij had een sportdroom gekoesterd. Gunnar Hägg, de Zweed, was zijn idool geweest en later Wim Slijkhuis. De 1500 meter was een prachtige afstand. Het was geen kwestie van kracht, zoals de 10 kilometer, maar van tactiek. Je moest voortdurend alert zijn op je tegenstanders, weten wanneer de beslissende ontsnapping plaatsvond en dan zorgen dat je erbij zat. De sterkste lopers legden hun tempo aan de anderen op. Hij had door schade en schande moeten leren dat hij zijn eigen tempo moest blijven volgen, moest trainen om dat tempo langzaam op te voeren.

Dexter Fulham slaagde erin me met zijn verhalen over verbeterde prestaties, gewonnen en verloren wedstrijden uit mijn neerslachtigheid te halen. Hij was nog steeds lid van de Haarlemse Atletiek Vereniging. Hij liep alleen nog maar voor zijn plezier. Winnen hoefde hij niet meer zo nodig.

Maar ook Dexter wist niet wat mij mankeerde. Hij leverde zijn rapporten in bij de staf en hoorde daar verder nooit iets op. Soms werd een therapieschema door de doktoren veranderd zonder dat hij begreep waarom. Op een dag zou het gevoel in mijn zenuwen terugkeren. Daar was het wachten op.

'Au,' gromde ik. Een maand lang hadden de zaalartsen mij dagelijks overal in mijn benen geprikt. Tania had me de reden voor al dat geprik uitgelegd. Als er ergens een zenuw reageert, brengen wij dat in kaart. Op grond daarvan kunnen we onze therapie zo doelmatig mogelijk inrichten. Een maand lang was er niets op te tekenen geweest, het zenuwgebied van mijn benen bleef een blinde kaart. Tot die dag dat er leven in mijn rechterbeen terugkeerde. Het werd tijd dat ik de loopbrug achter me liet en met krukken begon te oefenen. Het ging moeizaam, voetje voor voetje, maar er zat beweging in. Ik vertelde Dexter hoe de wereld veranderde als je je maar heel traag kon voortbewegen, dat je dan dingen zag waar je anders aan voorbijging. Dexter luisterde en knikte beleefd, maar aan zijn blauwe ogen zag ik dat hij niet precies begreep wat ik bedoelde.

'We gaan godverdomme terug naar die 10.6,' zei hij.

'Je weet wat er toen gebeurde,' zei ik.

Het is een vreemde gewaarwording als je ledematen terugkeren in je bewustzijn. Natuurlijk kon ik zien dat ik twee benen had, maar omdat ze stuurloos waren en ongevoelig, hadden ze voor mij nog nauwelijks substantie. Als ik erin kneep, voelde ik alleen de spieren in mijn knijpende hand. Die eerste prik gaf me een gevoel voor richting terug. Ergens moest er vooruitgang zijn. Maar Dexter had gelijk. Nou niet meteen gaan hollen, Wouter. De humor keerde terug in onze gesprekken. Op een dag nam hij zelfs een stopwatch mee op een van onze trage wandelingen.

Het ging vreselijk langzaam. Sommige dagen leek er geen enkele verbetering te zijn of trokken delen van het been waarin het leven leek te zijn teruggekeerd zich weer in hun anonimiteit terug. Maar wanhopen deed ik niet langer. Langzaam verscheen er tekening op de blinde kaart. Tania leek gelukkig. 'Het is een raadsel,' zei ze, 'ook voor ons. Maar het gebeurt. De neurologie is een wetenschap van afwijkingen, storingen. Alleen op die manier krijgen wij een beeld van de werking van het geheel. En soms geneest het lichaam zichzelf. Hoe dat precies in zijn werk gaat is voor ons vaak onbegrijpelijk. Verbindingen die door de hersens worden omgeleid. Zo'n beetje als treinen bij een stroomstoring. Hoe meer we ontdekken hoe gecompliceerder het lichaam lijkt te worden. Net als in de astronomie. We dringen steeds dieper in het universum door en we begrijpen steeds minder. Het totaal lijkt zich aan ons begrip te onttrekken.'

Ik vond dat een mooie, bescheiden opstelling voor een arts.

De speldenproef, zoals ik het nu dagelijks terugkerende prikken van Tania noemde, werd vertaald op kaarten die eruitzagen als een stafkaart vol kronkelende paden en weggetjes; de spieren, de gevoels- en bewegingszenuwbanen en hun onderlinge knooppunten. Hier en daar waren die knooppunten met rode inkt gemerkt. Daar was weer een blokkade opgeheven. Naarmate het aantal blokkades verminderde, werd het prikken ook pijnlijker. Tanja verontschuldigde zich iedere keer als zij mijn kamer binnenkwam met het etui met naalden. 'Je moet het maar als een teken van vooruitgang beschouwen.'

Ik deelde mijn kamer met drie andere patiënten; meneer Vlieger, die net als meneer Rodenbach in de zeventig was en herstelde van een herseninfarct. Meneer Vlieger besprenkelde zich iedere ochtend met eau de cologne, sleepte met zijn rechterbeen en sprak onverstaanbaar, meneer Rodenbach had een kast vol dure pyjama's die elke week door zijn bedillerige vrouw werden meegenomen om te worden gewassen. Hij knipperde de hele dag met zijn ogen. Zijn grijze wimpers gingen op en neer als bij de ogen van een slaappop. Hij keek veel naar zijn handen, alsof hij niet kon geloven dat die van hem waren. Iedere keer als er een verpleegster op de kamer kwam, vroeg hij wat voor dag het was. En dan was er nog Ernst Fasseur, een jongen van achttien die zich na een motorongeluk spastisch voortbewoog en daar ten overstaan van zijn op bezoek komende vrienden een nummer van maakte. Hij was er van ons vieren het ernstigst aan toe, maar dat leek niet tot hem door te dringen. Hij was timmerman en bracht naast de uren die hij met de bewegingstherapeut bezig was zijn meeste tijd door in een zaaltje voor handenarbeid, waar hij met zijn stuurloze handen een waterpas vastgreep, klaarblijkelijk zijn favoriete stuk gereedschap. Als ik met mijn krukken door de gang hompelde op weg naar mijn afspraak met Dexter, hoorde ik uit de spreekkamer van de logopediste meneer Vlieger toonloos de woorden herhalen die een vrouwenstem hem met grote nadruk voorzei: water – sloot – tafel.

Dexter dwong me om mijn voeten vanaf de teen naar de hiel af te wikkelen. Dat was gemakkelijker gezegd dan gedaan. Ik had weer gevoel in mijn tenen, maar het middendeel van mijn voeten was nog niet tot het lichaamsbewustzijn teruggekeerd. Iedere keer dat ik daarop steunde verstijfde ik van angst. Doorgaan, zei Dexter. Doorgaan. Onze wandelingen werden steeds langer. Op een dag bracht hij een uit een krant geknipte foto voor mij mee. Boven de foto stond in een vette kop: 'Duitse atleet Armin Hary loopt 100 meter in 10 seconden.'

'Ongelofelijk,' zei ik, 'onvoorstelbaar. Tien meter per seconde, hoe kan iemand zo hard lopen?'

'Blitz-start,' zei Dexter. 'Kom, wij gaan rustig in ons eigen tempo verder.'

'Vijftig centimeter per seconde,' zei ik. 'Op zijn hoogst.'

Een verharde weg liep aan de buitenkant van het park helemaal rond het terrein.

'Denk erom dat je je voeten het werk laat doen, niet je krukken.'

Dexter had gelijk, ik hanteerde mijn krukken nu zo behendig dat ze de rol van mijn benen overnamen.

'Ongelofelijk,' zei ik nog een keer. 'Zouden er geen grenzen aan prestaties zijn?'

'De training en het materiaal worden steeds professioneler,' zei Dexter. 'Kijk maar naar het polsstokhoogspringen. Sinds de invoering van de fiberstok zijn daar de prestaties met sprongen omhooggegaan.'

Bijna een kilometer lang liepen we langs het hek dat Woudrust van de psychiatrische inrichting scheidde. Achter het hek waren patiënten in de tuin aan het werk. De meesten droegen een spijkerbroek met daaroverheen een grijs slobberend hes.

Dexter bleef een ogenblik staan om mij op adem te laten komen. Een jongen met een hoog voorhoofd en donkerbruine ogen leunde op zijn hark en staarde in onze richting. Zijn vingers op de steel van de hark bewogen nerveus en methodisch op en neer, alsof hij een instrument bespeelde. Zijn bolle bovenlip glansde.

'Wat is er?' vroeg Dexter. 'Is er iets? Je kijkt alsof je het in Keulen hoort donderen.'

'Ik ken die jongen daar,' zei ik.

Ik hinkte naar het hek. De jongen staarde voor zich uit. Het was niet te zien of hij ons zag, of hij mij herkende.

'Max,' riep ik. 'Max!'

De jongen in zijn grijze hes dat scheef over zijn spijkerbroek hing, reageerde niet.

'Ik denk dat je je vergist,' zei Dexter. 'Kom, laten we verder gaan.'

'Brillenjood,' riep ik.

'Hij heeft niet eens een bril op,' zei Dexter. 'Kom, je vergist je echt.'

De jongen reageerde nog steeds niet.

'Beaufort,' riep ik toen. 'Beaufort!'

De jongen liet zijn hark vallen en kwam op ons af. Vlak voor het hek bleef hij staan.

'Max,' zei ik. 'Ik ben het, Wouter.'

'Beaufort,' zei Max met een stem die dieper en trager klonk dan vroeger. 'Ben jij het, Beaufort?'

Ik knikte.

'De machinerie van het heelal,' zei ik.

Er tekende zich plotselinge verbazing op zijn gezicht af. Het leven leek even in zijn starre blik terug te keren. Hij glimlachte.

'Beaufort,' zei hij schor. 'Je bent dus toch gekomen.'

'Ja, Max,' zei ik, 'ik ben gekomen.'

Een verpleger in een blauw spijkerpak kwam haastig op Max af. Hij pakte hem ruw bij de schouder. Max rukte zich los.

'Ik wil met Beaufort mee,' riep hij met een snik in zijn stem.

De verpleger, een man met een Indisch uiterlijk, keek Max met stomme verbazing aan en zei, meer tot zichzelf dan tegen Max of tegen mij en Dexter: 'Hij praat, godverdomme, hij kan praten.'

'Natuurlijk kan hij praten,' zei ik.

De man keek mij aan.

'Hoe heet u?' zei hij.

'Wouter van Bakel,' zei ik. 'Waarom zit Max hier?'

'Over patiënten doen wij geen mededelingen aan derden,' zei hij, draaide zich abrupt om en nam Max bij de arm. Terwijl hij werd weggevoerd draaide Max zijn hoofd om.

'Beaufort,' riep hij. 'Haal me hier weg, Beaufort.'

Ik stak mijn hand op.

'Waarom noemde hij je Beaufort?' vroeg Dexter.

'Dat leg ik je nog wel een keer uit,' zei ik. Ik had moeite om mijn tranen te bedwingen.

De volgende dag kwam Tania binnen met een brief in haar hand.

'Loop even mee naar de recreatiezaal,' zei ze. 'Ik moet je spreken.'

Bonkend met mijn krukken scharrelde ik achter haar aan. Ze keek achterom. 'Je loopt als een kievit.'

'Als dat zo was waren er nu geen kieviten meer.'

De recreatiezaal was verlaten. Alle patiënten waren op therapie of in de bezigheidsruimte. Buiten was een van de verplegers, een man met een bierbuik, het gras aan het maaien.

'Lees maar,' zei ze, 'dan haal ik even koffie uit de automaat. Zwart of met melk?'

'Zwart,' zei ik.

Het was een brief van de inrichting ernaast, ondertekend door een zekere dokter Vrasdonk. Hij vroeg toestemming om een gesprek met mij te mogen voeren over zijn patiënt M. Veldman.

'Wie is dat?' vroeg Tania en zette een kartonnen bekertje koffie voor me neer. Onder haar lichtblauwe dienstjas droeg ze een kanariegeel truitje en een gebleekte spijkerbroek. Als ze praatte bewogen de sproeten op haar voorhoofd.

'Max,' zei ik. 'Hij is een oude schoolvriend van me. Ik heb geen idee waarom hij hier zit. Ik heb hem jaren niet meer gezien.'

Hij was veranderd, Max. Zijn vroeger licht bollende wangen waren ingevallen, hij was ongeschoren, zag er helemaal een beetje onverzorgd uit. Beaufort had hij mij genoemd. Er moest iets grondig mis zijn met hem.

'Heb je er bezwaar tegen?' zei Tania en tikte op de brief. 'Je bent tot niets verplicht.'

'Nee,' zei ik, 'bel die dokter maar op dat het goed is.'

'Loop even mee, dan kun je zelf bellen.'

Tania deed alsof ik geen patiënt meer was. Dat was natuurlijk tactiek. Ze observeerde mij de hele tijd. Niet dat ze ontevreden was. Het ging de goede kant op; langzaam, maar toch.

Ik hompelde achter haar aan naar haar kantoor. Het middendeel van mijn voet was nog steeds 'weg', zoals ik het tegen Dexter uitdrukte.

Op haar stalen bureau stond een vaas korenbloemen. Ze keek er even bijna verliefd naar en wees naar het toestel op het bureau. Ik legde mijn krukken op de grond, liet me in een bureaustoel zakken en belde het nummer in het briefhoofd.

'Met Vogelenzang,' klonk een opgeruimde meisjesstem. 'Waarmee kan ik u van dienst zijn?'

'Ik wil graag met dokter Vrasdonk spreken.'

'Dokter Vrasdonk kan niet gestoord worden op het moment.'

Tania schudde resoluut haar hoofd. Onzin, vond ze. Ik moest me niet laten afschepen.

'Het is dringend,' zei ik. 'Dokter Vrasdonk heeft mij gevraagd direct contact met hem op te nemen. Het gaat over een van zijn patiënten.' Ik noemde mijn naam.

'Ik zal zien wat ik voor u doen kan.' De stem klonk nu al een stuk onvriendelijker. Even later werd ik doorverbonden.

'Met Vrasdonk.'

'Met Wouter van Bakel. Ik bel over Max Veldman.'

'Fijn dat u belt. Ik zou graag een afspraak met u willen

maken. Ik heb begrepen dat u een kennis van Max bent?'
'Een oude schoolvriend.'
'Zou u morgenochtend kunnen?'
'Ja, dat is te zeggen. Ik ben nog niet erg mobiel.'
Even was het stil. 'Wat denkt u van Dreefzicht? Dat ligt precies tussen onze inrichtingen in. U kunt natuurlijk altijd een begeleider meenemen.'
'Goed,' zei ik. 'Morgen.'
'Tien uur,' zei de dokter op een toon die aangaf dat hij gewend was beslissingen te nemen die niet werden tegengesproken.

Dreefzicht was een uitspanning tussen Woudrust en Vogelenzang aan een klinkerweg met aan weerskanten oude linden. Vooral in het weekeinde zat het terras vol bezoekers en patiënten. Het personeel was gewend aan mensen met afwijkend gedrag en vertrok nooit een spier. Maar nu was het te koud om buiten te zitten. Dexter hielp mij over de hoge drempel het grote café-restaurant binnen. We gingen aan een tafeltje voor het raam zitten. Aan het plafond hingen koperen ketels en de ramen waren voorzien van valletjes in boerenbont. Aan de houten wanden hingen een paar tekeningen van Jo Spier.
'Gezellig,' zei Dexter om zich heen kijkend.
'Dat is de bedoeling ja.'
De dokter was er nog niet. De ober die ons bediende slikte net iets door. Het leek alsof hij licht kokhalsde toen hij onze bestelling opnam.

Dokter Vrasdonk droeg een zijden sjaaltje onder zijn poloshirt. Hij had de gezonde bruine kleur van iemand die net op vakantie is geweest in een warm land. Hij schudde ons beiden overdreven hartelijk de hand en ging toen tegenover ons zitten.

'Heb je er bezwaar tegen als ik erbij blijf?' zei Dexter. 'Anders ga ik wel even een straatje om, hoor.'

'Nee,' zei ik, 'er worden hier geen geheimen besproken.'

Dokter Vrasdonk wilde ook koffie. De ober had ondertussen zijn haar gekamd.

Ik nam als eerste het woord. Ik zag dat de psychiater, want dat moest hij zijn, dat niet verwacht had. Hij wilde dingen weten. Maar ik ook. Ik vroeg hoe lang Max hier al zat en waarom.

'Twee jaar,' zei de man en veegde een kruimel van het koekje dat bij de koffie geserveerd werd uit zijn mondhoek. 'Hij lijdt aan waandenkbeelden. Het probleem is alleen dat hij niet met ons communiceert. Hij wil niet met ons praten, drukt zich alleen in geschreven cijfers uit.'

'Maar dat is toch nog geen reden om hem op te sluiten?'

'Hij wilde geen kleren meer dragen. Een paar keer is hij door de politie naakt op straat aangetroffen. Hij viel vrouwen lastig. Via de GGD in Amsterdam is hij tenslotte hier terechtgekomen.'

'En zijn vader?'

'Die komt regelmatig op bezoek. Maar hij snapt zijn zoon ook niet. We hebben hem nu zover dat hij zich niet meer elk ogenblik uitkleedt, maar praten doet hij nog steeds niet. Tot eergisteren, toen hij u zag.'

'En nu wilt u dat Wouter met hem gaat praten,' zei Dexter.

Dokter Vrasdonk trok zijn donkere wenkbrauwen op. 'Ja,' zei hij licht geïrriteerd, 'dat zou ons misschien verder kunnen helpen.

Als u daar geen bezwaar tegen hebt,' zei hij tegen mij. De dokter negeerde Dexter, die er in zijn trainingspak te gewoon uitzag voor een gestudeerd iemand als hij.

'Integendeel,' zei ik. 'Als ik Max daarmee kan helpen.'

We spraken af voor de volgende middag om drie uur. Voor hij wegging vroeg de dokter nog één ding. 'Hij noemde u Beaufort.'

'Hebt u wel eens van de schaal van Beaufort gehoord?'

'Ah,' zei de psychiater, alsof dat alles verklaarde.

Dexter bracht mij met de rolstoel tot aan de ingang van Vogelenzang. Hij ging naar binnen en informeerde bij de balie in welk paviljoen Max Veldman zat. 'Helemaal achterin,' zei hij toen hij terugkwam. We reden langs lage stenen paviljoens. Rechts van ons dreven wat eenden in een vijver. Achter de ramen zaten mannen en vrouwen met gevouwen handen aan tafel. Sommigen sliepen scheefgezakt in hun stoel. Een paar lagen met hun hoofd voorover op tafel.

'Ze spuiten ze plat,' zei Dexter. 'Als ze maar rustig zijn.'

Het paviljoen waar Max zat lag vlak tegen een rij populieren aan. De deuren naar het terras stonden open. Witte tuinmeubelen kriskras door elkaar. Er was niemand te bekennen. Ik pakte mijn krukken. Toen ik op de deur af hinkte, kwam dokter Vrasdonk al naar buiten.

'Hoe laat zal ik je komen halen?' vroeg Dexter.

'Half vijf lijkt mij een goede tijd,' zei de psychiater en hij wenkte mij om binnen te komen. 'U moet niet verbaasd zijn over zijn kamer,' zei hij. 'Het is er nogal een rommeltje. Maar wij mogen van hem nergens aankomen. Het maakt allemaal onderdeel uit van een systeem dat wij niet kennen. Een waansysteem.'

De psychiater klopte op een van de deuren in de lage gang van het paviljoen en deed hem toen open. 'Als er iets misgaat, drukt u op de rode knop naast de deur,' zei hij.

Ik zwaaide mijn onderlichaam tussen de krukken naar binnen. 'Dag Max,' zei ik. 'Hier ben ik dan.'

In de verder kale kamer hingen overal vanuit haakjes in het plafond thermometers aan lange witte draden van verschillende lengte. Ik zette mijn krukken naast de deur tegen de muur en schuifelde naar het met een grasgroene deken opgemaakte eenpersoonsbed. Max stond bij het raam met zijn rug naar de populieren. We keken elkaar aan. Zijn donkere ogen hadden hun glans verloren. Ik was er niet zeker van of hij nog wist wie ik was.

'Beaufort,' zei hij.

'Wouter,' probeerde ik hem te corrigeren. 'Wouter van Bakel.'

'Dat was toen,' zei Max. 'Je bent gezonden. Nu ben je Beaufort.'

Hij ging op de enige stoel aan een smal tafeltje voor het getraliede raam zitten.

'Waarom zit je hier, Max?'

'Voor jou een vraag. Niemand valt hier te vertrouwen. Ze willen niet dat ik mijn onderzoek voortzet.'

Hij wees op de roerloos aan hun dunne draden hangende thermometers.

'Op geen enkele plek in de kamer is de temperatuur precies gelijk. Er zijn minieme verschillen die erop wijzen dat ook hier de wind waait, Beaufort. Al noemen zij het tocht. Ze wilden hier zelfs tochtstrips aanbrengen. Ze begrijpen er niets van. Als ik van deze kamer de windkaart heb getekend, kan ik die transponeren naar de hele wereld. Meten is weten. Het is allemaal nog in een experimenteel stadium. Daarom reken ik op strikte geheimhouding.'

Hij legde een vinger op zijn lippen en blies er zachtjes tegen. Om zijn hals hing een loper aan een touwtje.

'Waarom zijn jullie uit de Curaçaostraat weggegaan?'

'Mijn vader heeft die vrouw. En maar neuken. Tegen mijn moeder natuurlijk. Op het laatst zei ik als je denkt dat ik zelf niet neuken kan. Zo is het begonnen. Ik probeerde iedere vrouw te pakken. Ze hebben groot gelijk dat ze me hebben opgesloten. Ik zit hier goed, ik kan al mijn aandacht aan mijn studie van de geringste winden wijden, de allerkleinste verschillen, die zoals je weet de grootste gevolgen hebben.'

Zijn ogen begonnen weer te glanzen. Hij zag iets dat ik niet begreep. Daarom veranderde ik van onderwerp.

'Je draagt geen bril meer.'

Hij wreef even over zijn ogen als om de juistheid van mijn constatering vast te stellen.

'Weet je nog,' zei hij grijnzend. 'Brillenjood.'

'Dat heb ik nooit tegen je geroepen.'

'Nee, Beaufort, alsof ik dat niet wist. Jij bent toch mijn vriend.' Hij sperde zijn ogen wijd open en weer had ik, net als vroeger, het gevoel dat hij dwars door me heen keek naar iets dat zich in de ruimte achter mij bevond.

Ik knikte.

'Ik kon de cijfers op het bord niet lezen. Toen we bij de opticien waren moest ik zo'n metalen frame op mijn kop waar hij steeds glaasjes in schoof. Net zo lang tot ik zelfs de kleinste lettertjes kon lezen. Die kale man met die pukkel aan zijn ene oorlelletje stelde de wereld steeds scherper. En nog had ik niets in de gaten. Ik had toen al moeten weten dat het een teken was. Toen ik een week later die bril opkreeg viel de wereld uit elkaar. Ik zag alles zo scherp, zo tot in de details, dat ik er hoofdpijn van kreeg. Alleen als ik mijn ogen sloot had ik rust. En 's nachts. Ieder grassprietje, elke lichtstraal, ieder richeltje in een steen, elk kuiltje en bobbeltje van een boomstam. Al die dingen afzonderlijk herinnerd. Ze haalden het tempo uit de wereld. Begrijp je dat, Beaufort? Met die bril was ik willoos aan haar overgeleverd.'

Ik knikte, vertelde hem hoe het mij vergaan was toen die naamloze ziekte een einde aan mijn beweeglijkheid had gemaakt. Hoe de wereld zich gesplitst had in heel haar duizelingwekkende diversiteit. Max luisterde aandachtig.

'Te veel details,' zei hij. 'Mijn hoofd dreigde te kapseizen. Loodzwaar werd het. Alsof mijn kop uit elkaar barstte. Gelukkig mag ik nu van dokter Vrasdonk zonder bril rondlopen. Dat maakt de situatie draaglijker.'

'Waarom praat je niet met hem?'

'Ze hebben een andere blik. Met hun praatjes denken ze de wereld op haar plaats te houden terwijl alles op drift is, nergens houvast. Daarom ben ik hier vanaf de bodem opnieuw begonnen. Metingen van het allerminiemste. Grondwinden. Ik kan deze draden langer maken en de valwindjes die langs de plinten trekken meten. Alleen op die manier kun je achter het systeem komen.'

'Welk systeem, Max?'

Hij tuurde intensief naar het gemarmerde grijze zeil. 'Het systeem van de veranderingen. Als ik dat raadsel heb opgelost. De sleutel, Beaufort, daar gaat het om. De sleutel!'

'Zou het niet beter zijn als je dit ook aan dokter Vrasdonk vertelde?'

'Ik zou hem helemaal opnieuw moeten omscholen. Daarvoor ontbreekt me de tijd. Ik moet alle energie in mijn berekeningen stoppen.'

Hij stond op en trok de la onder het tafelblad open. 'Hier, kijk.' Hij overhandigde me een stapeltje volgeschreven vellen. Elke dag had hij ieder uur alle standen van zijn thermometers, genummerd van 1 tot 14, genoteerd. Onder aan ieder vel had hij de wekelijkse resultaten in verschillende grafieken vertaald. Temperatuurverschillen op drie centimeter hoogte, op tien, op twintig, op dertig. Grillige op en neer gaande lijntjes. Hij had de tocht in zijn kamer zichtbaar gemaakt. Ik gaf hem de vellen terug en knikte. Ja, ik begreep hem.

'Er gaan nog jaren in zitten voor ik de constante heb ontdekt,' zei Max.

'Toeval,' zei ik. 'Zou het niet ook gewoon toeval kunnen zijn?'

'Toeval is hier niet toegestaan.' Hij lachte om dat tweemaal toe. 'Als mensen het over toeval hebben, bewijst dat alleen maar hun geestelijke luiheid. Ze zijn niet bereid of niet in staat naar de diepere oorzaken te zoeken. Daarom zien ze alleen een boel losse eindjes en dat noemen ze dan toeval om er maar vanaf te zijn.'

'En dat ik jou hier weer heb ontmoet?'

'Gezonden, Beaufort, gezonden. Dat kon toch ook niet anders?'

'Door wie?'

'De machinerie van het heelal,' zei hij. 'Onzichtbaar, maar allesomvattend en sturend. De winden zijn haar boodschappers, dat weet jij toch ook wel, Beaufort? Alleen als ik de wetmatigheid achter de wisselvalligheid ontdek kan er iets tegen gedaan worden, kunnen de ellipsen tot cirkels worden omgebogen.'

Ik knikte. Jezus, Max was inderdaad stapelgek. Ik bukte me en greep mijn krukken.

'Ik moet gaan, Max,' zei ik. 'Ik kom je gauw weer opzoeken.'

'Denk om de thermometers,' zei hij. 'Iedere schommeling veroorzaakt een nieuwe afwijking, elke onnodige beweging vertraagt het eindresultaat.'

Toen ik tussen mijn krukken hangend in de deuropening stond en mijn hoofd naar hem omdraaide, legde hij zijn vinger op zijn lippen.

'En denk eraan, mondje dicht, Beaufort. Niets van wat hier gezegd is mag naar buiten komen.'

Het was net vier uur geweest. Ik liep naar de uitgang van het paviljoen. Buiten zou ik op Dexter wachten. Ik leunde op mijn krukken en stak een sigaret op. Ik hoopte dat ik dokter Vrasdonk zou ontlopen, al was dat in mijn situatie misschien niet de juiste uitdrukking. Terwijl ik zo stond te roken en op mijn platte voeten steunde, voelde ik kleine trillingen van mijn tenen naar mijn enkels trekken. Er was daarbinnen iets in beweging. Ik had met Max te doen. Zijn wereld was zo klein geworden dat hij er zelf nauwelijks meer in paste.

Gelukkig kwam Dexter om half vijf met de rolstoel aanlopen.

'En?' vroeg hij. 'Hoe ging het met je vriend?'

'Hij is inderdaad stapelgek,' zei ik.

Toen het gevoel in mijn voetzolen was teruggekeerd, achtte Dexter de tijd gekomen om de krukken thuis te laten. Hij had zijn marineblauwe trainingspak met de witte schouderstukken aan. Zijn blonde stekeltjeshaar was nog nat van de douche. Hij liep voor mij uit, één brok gezondheid. Overal in de tuin kwamen nu bloemen uit. Goudsbloemen, chrysanten. Op een grasveld zwiepte een tuinsproeier zijn kop in de rondte. Toen ik me nog nauwelijks kon voortbewegen, had ik deze omgeving noodgedwongen tot in het kleinste detail in me opgenomen. Voor ieder plantje, voor elk steentje op een looppad had ik stilgestaan. Maar gelukkig was ik niet als Max en vergat ik al die indrukken weer zodra de wandeling voorbij was.

Dexter stelde voor naar Dreefzicht te lopen en daar koffie te drinken. Het was mooi weer en het was meteen een mooie test om te zien of ik die afstand al aankon. Mijn heupgewrichten betoonden zich nog wat onwillig, moesten opnieuw wennen aan de teruggekeerde soepelheid van mijn bovenbenen. Veel tempo kon ik nog niet maken, maar het stramme in mijn gang was verdwenen. Het vreemde met gebreken is dat je ze vergeet zo gauw ze ophouden te bestaan. Ik was er nu van overtuigd dat ik beter zou worden.

Op het terras van Dreefzicht zaten twee dames met grijs gepermanent haar voorovergebogen met elkaar te fluisteren. De dametjes werden gestoord door twee mussen die op de rand van hun ronde tafeltje landden en met hun kraalogen in hun scheef gehouden kopjes de bruine koekjes op de schoteltjes fixeerden. Een van de vrouwen had felrood gestifte lippen en gelakte nagels, de andere zag er fletser uit maar was vroeger mooi geweest. Hun wangen waren gebarsten als oud porselein. Ze verkruimelden de koekjes en voerden de mussen. Een vredig tafereeltje.

We bestelden koffie. Ik keek naar de witte schouderstukken van Dexters trainingspak.

'Weet je dat ik een keer van Fanny Blankers-Koen gewonnen heb?'

Ik vertelde hem hoe ik mij toen geschaamd had. 'Jij bent de eerste die ik het vertel.'

'Je weet, ik houd mijn mond,' lachte Dexter en schoof luidruchtig met zijn gympen door het in het zonlicht spierwit oplichtende grint.

'Ik ga vanmiddag met Tania praten. Ik zie eigenlijk geen reden om je nog langer hier te houden,' zei hij.

Misschien dat Vrasdonk de gewoonte had om iedere morgen bij Dreefzicht koffie te komen drinken. Opeens stond de psychiater voor ons tafeltje en vroeg of hij erbij mocht komen zitten. Hij droeg een witte tennisbroek en een camelkleurige sweater. Bruine instappers. Vrasdonk maakte de indruk altijd op vakantie te zijn. Ondanks, of misschien juist door zijn vak een evenwichtig mens.

Dexter stond op. 'Ik ga alvast terug. Volgens mij red je het alleen wel.'

Dokter Vrasdonk zag nu ook dat ik geen krukken meer bij me had. 'Het gaat zo te zien de goede kant op.'

'Ik word binnenkort ontslagen,' zei ik.

'Wat had u eigenlijk?'

'Dat weten ze niet. In het begin leek het op het syndroom van Guillain-Barré, maar dat was het niet. De gevoelszenuwen functioneerden niet meer. Net alsof mijn benen er niet meer waren.'

'Waarschijnlijk een virus,' zei Vrasdonk. 'Zo, dus u gaat ons binnenkort verlaten. Misschien mag ik u dan nog wat vragen over het bezoek aan uw vriend.'

De twee dametjes stonden op. Hun grijze zijden kousen zaten gedraaid en glansden in de zon. Ze droegen afgetrapte schoenen en wuifden naar Vrasdonk toen hij even in hun richting keek.

'Oudgedienden,' zei hij. 'Ze denken dat ze hier aan het hof zijn. Ze vragen al jaren om een audiëntie bij koningin Juliana.' Hij wuifde ze na.

'Wat wilt u weten?' vroeg ik.

'Wat u van uw vriend vond. Wat heeft hij tegen u gezegd?'

'Hebt u hem na mijn bezoek nog gezien?'

'Natuurlijk,' zei Vrasdonk en bestelde nog twee koffie.

'Maar tegen mij praat hij niet. Hij leek nogal ontdaan. Onrustig was hij. Hij stond voor het raam en wees op de bewegende blaadjes van die rij populieren achter in het park.'

'Wind is voor hem heel belangrijk,' zei ik.

'Dat had ik al begrepen,' zei de psychiater. 'Vandaar dat hij u Beaufort noemde.'

Ik had het gevoel dat ik Max aan het verraden was. Maar misschien kon hij gered worden als de psychiater meer van hem wist en daarom vertelde ik Vrasdonk alles wat ik van Max wist, alles wat ik me herinnerde.

Vrasdonk luisterde met zijn linker wijsvinger tegen zijn kin gedrukt. Toen ik uitverteld was, vroeg hij: 'Hebt u wel eens seksuele gevoelens voor hem gekoesterd? Of hij ten opzichte van u? Als u dat gemerkt hebt tenminste.'

Ik keek Vrasdonk stomverbaasd aan. 'Het was een jongensvriendschap. Niet meer en niet minder.'

Vrasdonk hief zijn handen afwerend in mijn richting. Hij wilde me niet in verlegenheid brengen. Het was zomaar een vraag. Nog even over die winden. Daar lag de sleutel tot het waansysteem van zijn patiënt, vermoedde hij.

'Ik ben geen psychiater,' zei ik. 'Hij was geïnteresseerd in de wind omdat hij onzichtbaar is, maar wel gemeten kan worden. Ik was ook in de wind geïnteresseerd, maar dan om een andere reden.'

'Het onzichtbare,' zei Vrasdonk. Het klonk bijna mijmerend.

'Als jongen wilde hij onzichtbaar worden. Hij had daar een boek over gelezen. *The Invisible Man* van H.G. Wells.'

Vrasdonk ging rechtop zitten.

'Vond u hem als jongen niet vreemd?'

'Hij was anders dan de andere jongens, dat wel. Wilde altijd overal het fijne van weten. Hij was gewoon nieuwsgieriger dan wij, wilde natuurkunde gaan studeren.'

'Om de wereld te redden?'

'Hij had het de laatste keer over een of andere wet. Dat het om de wetmatigheid achter de afwijkingen ging, een soort hogere orde. Daar was hij naar op zoek. Toeval bestond niet, beweerde hij.'

Vrasdonk glimlachte.

'Voor een schizofreen bestaat er geen toeval.' Het was de eerste keer dat de psychiater dat woord liet vallen.

'U hebt dus wel een diagnose gesteld,' zei ik.

'Op grond van zijn gedrag, ja.'

'Denkt u dat Max genezen kan?'

'Genezen niet. Maar misschien vinden we het medicijn dat bij hem past.'

'Dus eigenlijk doet u maar wat?'

'Zo zou ik het niet willen zeggen. Iedere patiënt is anders. Er zijn weinig wetmatigheden.'

'En een hoop toeval?'

Vrasdonk lachte. 'Eerlijk gezegd, ja.'

Hij keek op zijn horloge. 'Ik moet weer eens terug. Is er nog iets dat u zou willen zeggen?'

Ik knikte. 'Zorgt u ervoor dat hij geen bril meer draagt.'

'Hij heeft zijn bril gisteren kapotgetrapt. Heeft hij u soms iets over die bril verteld?'

'Niet direct,' zei ik. 'Maar iemand die zich alles herinnert wat hij ziet, kapseist op den duur, zoiets zei hij tegen mij. Met een bril op zag hij te scherp, te veel.'

De psychiater stond op en rekte zich uit. 'Ik zou meer aan sport moeten doen. Meneer Van Bakel, ik wens u het allerbeste. Weet u zeker dat u de terugtocht alleen aankunt?'

'Doet u Max de groeten van Beaufort. Zegt u maar dat ik hem binnenkort weer op kom zoeken.'

Ik keek de kwieke arts na en stond toen zelf op. Binnenkort zou ik hier weg zijn. Ik betwijfelde of ik Max nog op zou zoeken. Aan de buitenkant was hij nog steeds de oude Max, maar binnen in hem woedde een storm.

Vijf dagen later werd ik ontslagen. De 100 meter zou ik nooit meer in 10.6 lopen, maar als voetganger zou ik op straat niet langer opvallen. Mijn snelheid hield weer gelijke tred met de anderen.

Een leven van losse ogenblikken is eigenlijk niet voorstelbaar. Toch is dat wat er gebeurde. Normaal gesproken zorgen tijd en taal voor snelheid, ze vormen het bindmiddel tussen de gebeurtenissen. Maar dat was hier niet langer het geval. Een leven en detail, niet en gros. Het ene beeld dat het andere blokkeerde, waardoor alles tot stilstand kwam. Nog één keer die ogen, nu diep in de kassen liggend boven donkere wallen. Ze leken op het laatste ogenblik in zijn gezicht te zijn geplaatst, als de ogen van een ander, die ander die dwars door je heen keek, even naar je zwaaide en toen voorgoed verdween.

Mijn moeder wilde dat ik na mijn ontslag uit Woudrust thuis zou komen. Om 'aan te sterken' zoals zij het noemde. Ik zei dat ik het lief van haar vond, maar nee, ik bleef liever op kamers in Haarlem.

'Maar wat ga je dan doen?' In die vraag klonk de bezorgdheid van mijn vader door, die vond dat ik alsnog moest gaan studeren. Beter laat dan nooit.

'Ik wacht eerst maar eens af wat de dokter zegt.'

Dokter Vlaar had mijn ontslagbrief uit Woudrust ontvangen. Hij wapperde ermee boven zijn afgetrapte houten bureau alsof hij zich koelte wilde toewuiven. 'Virale infectie,' zei hij met spottend neergetrokken mondhoeken. 'Dat schrijven ze als ze niet precies weten wat het geweest is. Temporele storing in partiële delen van het gevoelszenuwcentrum. Dat klinkt erg deftig, maar zoiets had ik ook wel kunnen vaststellen. Partiële delen. Nog fout Nederlands ook. Enfin, komt u over een maand maar weer eens terug, dan zullen we kijken of u weer aan het werk kunt.'

In een hoek van de spreekkamer stond een fiks uitgegroeide bamboeplant in een bruine pot. Een van zijn kinderen had er een speelgoedbeertje in gehangen.

Ik belde mijn werk en zei dat ik voorlopig nog niet kon komen. Mijn mededeling werd aan de andere kant van de lijn voor kennisgeving aangenomen. Niemand is onmisbaar, mompelde ik toen ik had neergelegd, zelfs jij niet. Zo nu en dan schoot het beeld van de met thermometers volgehangen kamer door mij heen. Dan schudde ik mijn hoofd. Max was te ver heen om hem te kunnen bereiken. En laat ik het maar eerlijk toegeven, ik was ook bang. Hij bewoog zich bedachtzaam en sprak traag (misschien door de medicijnen die hij ongetwijfeld kreeg), alsof hij zijn energie wilde bewaren voor iets dat achter zijn eigen horizon lag, iets dat zijn verstand te boven ging en dat de dokter zijn waan had genoemd.

Ik liep wat door Haarlem en één keer in de week ging ik bij mijn ouders op bezoek. Nederland had afstand gedaan van Nieuw-Guinea. Mijn vader was weer van krant veranderd. Nu las hij *Het Parool*, voornamelijk om de Kronkels van Simon Carmiggelt. 'Die man verdient de Nobelprijs,' zei hij. Achter de Boerenwetering waren de tuinderskassen afgebroken. In de weilanden ervoor liep allang geen vee meer. De schillenkar was uit het straatbeeld verdwenen. Alles is in afwachting, zei mijn vader. Maar waarvan wist hij ook niet. Op het stadhuis was hij sinds kort belast met het beheer van het onroerend goed van de gemeente. Gemeentelijk Grondbedrijf heette de afdeling waarvan hij een van de inspecteurs was. Ook volkstuinen en kermisterreinen vielen daar onder.

Voor het raam staande stelde ik met voldoening vast dat het verleden langzaam maar zeker verdween. De straten in de buurt waren nog even recht en erkerloos, maar de mensen gingen fleuriger gekleed, de kinderen hadden allemaal een autoped met luchtbanden, een fiets was niets bijzonders meer en vrijwel iedereen had telefoon. In etalages kon je naar televisie kijken, ingebouwd in een zwaar, op een dressoir lijkend meubelstuk van gepolitoerd eikenhout. Alleen de buurman van driehoog, meneer Spijkers, had het nog over de oorlog en werd daarom gemeden. Het is geen gezellige man, vond mijn moeder. Ze breide nog steeds truien en slip-overs, nu vooral voor mijn broer Peter, en stelde met voldoening vast hoeveel gemakkelijker het was om te breien met nieuwe knotten in plaats van met uitgehaalde wol, zoals in de oorlog. Mijn vader verdiende in zijn nieuwe baan een stuk meer en mijn ouders spraken over de mogelijkheid eens een bezoek aan het buitenland te brengen.

Twee weken na mijn ontslag uit Woudrust ontving ik een grote envelop van dokter Vrasdonk. Er zat een stapel vellen in beschreven in Max spinnerige, maar goed leesbare handschrift. In de envelop zat ook een getypte brief.

Geachte Wouter van Bakel,
Op verzoek van Max Veldman doe ik u hierbij de geschriften toekomen die hij aan u heeft opgedragen. Na uw bezoek is Max namelijk plotseling aan het schrijven geslagen (praten doet hij nog steeds niet). Door wat hij aan het papier toevertrouwd heeft, heb ik een scherper beeld van zijn ziekte gekregen. Overigens moet mij van het hart dat zijn herinneringen of wat daarvoor door moet gaan met een korreltje zout genomen dienen te worden. Waar

zijn herinneringen in verzinsels overgaan (of omgekeerd) is voor mij niet altijd met zekerheid vast te stellen, maar misschien voor u wel. In de hoop u hiermede van dienst te zijn geweest, verblijf ik,
    met vriendelijke groeten,

Uit de toon van de brief viel op te maken dat de psychiater weinig of geen waarde aan Max' woorden hechtte.

DE WET VAN BEAUFORT

Voor Beaufort – alias Wouter van Bakel

EN GROS & EN DETAIL

Ik moest eerst mijn ene, toen mijn andere hand op de roomwitte commode leggen. Mijn vader had me verteld dat de witte stipjes op mijn nagels de leugentjes voorstelden die ik verteld had. Voorzichtig nam mijn moeder mijn hand in de hare en knipte de nagels met een gebogen nagelschaartje kort. (Voor alle duidelijkheid: het schroefje waarmee de schaarbladen bij elkaar werden gehouden was op de kop licht verroest.) Ik zag mijn leugens in de draaikolk van de afvoer wegspoelen. Opgelucht lachend keek ik naar haar op, maar zij begreep niet dat ze mij ergens van verlost had.

Ook jij had van die witte stippen op je nagels. Meer kinderen hadden die. Opeens begreep ik waarom meisjes nagelbijten!

Misschien dat ik daarom al vroeg aan woorden wilde ontsnappen. Die vormden het terrein van het oncontroleerbare. Van een gesproken of geschreven zin viel in veel gevallen niet uit te maken of hij waar of onwaar was. Eigenlijk wilde ik als kind helemaal niet praten. Ik heb dat lang volgehouden, maar ze hebben me tenslotte weten over te halen, me aan het praten gekregen. Nu doe ik er opnieuw het zwijgen toe. *(Voor alles wat hier staat kan ik 100% instaan.)*

We waren pas verhuisd naar de Curaçaostraat (je weet wel, waar wij vroeger woonden, vader en ik). Onder de vensterbank zaten twee uithollingen in het hout. Misschien had daar ooit een plantenbak aan schroeven bevestigd gezeten. Ik legde mijn wijsvingers in de vezelige holtes en keek naar buiten, de Arubastraat in. Zonder de druk van mijn wijsvingers zou die straat daar voor mij ogenblikkelijk verdwijnen. Dan trek ik tenslotte mijn wijsvingers terug en sluit mijn ogen. Alsof ik zweef. Als ik ze weer opendoe weet ik zeker: ik ben even weg geweest, dat straatje daar voor me is een andere straat dan zonet, hoezeer ze ook op elkaar lijken. (Vergelijk de positie van die wit-zwart gevlekte hond die net nog bij die boom stond en nu aan de andere kant van de Arubastraat richting Hoofdweg loopt.) Dit soort experimenten zorgde ervoor dat alle grond onder mijn voeten verdween. De gedachte aan continuïteit was een illusie die ik voor mijzelf niet langer in stand kon houden. Niets dan losse ogenblikken. (En die vaststelling met niemand durven delen.)

In Haarlem woonden wij in een smal kronkelend
straatje midden in de oude binnenstad. Een labyrint
van steegjes en passages, hofjes verborgen achter
houten deuren met zware kloppers van koper of
messing. Hier in Amsterdam-West waren alle straten
recht en erkerloos; twee stenen wanden waar je
tussen liep en je steeds kleiner voelde worden. Je zag
alles ruim van tevoren op je afkomen, nergens een
verrassing. Geluiden waaiden meteen weg de hemel in
(vooral paardenhoeven die in het straatje in Haarlem
zo vrolijk tegen de muren op ketsten).

Je had net als ik een slip-over aan, een grijze met een
dunne gebleekte blauwe rand. Uit de manchetten van
je groene overhemd staken witte draadjes, vezeltjes die
bewogen als je schreef.
 Achter in de klas. Ik zag alleen opgeknipte
achterhoofden. En het in twee vlechten gesplitste
blonde haar van Ineke Kal. Her en der waren er
blonde haartjes aan de strakgetrokken vlechten
ontsnapt. Die haartjes bewogen in een onvoelbare
wind, die uit het schuin openstaande bovenlicht vanaf
de speelplaats de klas in zeilde.
 Voor de klas stond meester Waas. Zijn kaken gingen
op en neer, maar ik hoorde niet wat hij zei. Boven
de daken van de huizen aan de overkant veranderde
een wolk van een paardenkop in een heuvelrug.
(De Midlands.) En net als bij de inktmoppen op het
gekerfde schrijfblad voor mij moest ik mijn blik
haastig afwenden. Verandering buiten die vanbinnen
ook alles van zijn ankers sloeg.

Daar zit ik, met mijn armen over elkaar, en hoor de kroontjespennen om mij heen over het papier krassen. Luid en gelijk. Dictee. Dictatuur.

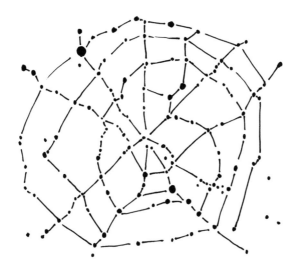

De overeenkomst is frappant. Ik beschouw dergelijke beeldrijmen (als ik ze tegenkom; er moeten er veel meer zijn dan die mij onder ogen komen) als een teken dat ik op de goede weg ben naar de ontdekking van de Wet van Beaufort. Over die wet kan ik nog geen uitspraken doen, het onderzoek loopt nog, maar ik zie al wel de contouren, die van een ontroerende eenvoud zijn. Dat is een ding dat zeker voor mij is: het universum is eenvoudig, ondanks de schijn van het tegendeel.

Wist je dat je linkerhand iets groter is dan je rechter, Wouter? Dat je vader dezelfde kromme pinken heeft als jij? Heb dit met *eigen ogen* gezien.

Dat ik dit opschrijf is niet om Vrasdonk een plezier te doen, maar om *rekening en verantwoording* af te leggen aan admiraal Sir Francis Beaufort (1774-1857), mijn leermeester.

Op de muur tegenover de tafel waaraan ik in de kelders van de Rijkspostspaarbank zat te werken zat een donkere vlek. (Vochtplek? Vetvlek van iemands achterhoofd?) Op een dag heb ik daar een foto van een naakte vrouw overheen geplakt. Vind jij dat nou een reden voor ontslag? Die vlek was toch veel viezer dan die blote vrouw? (Ook leek ze in niets op mijn moeder.)

Alleen 's nachts als ik slaap: windstilte. Tegen de ochtend steekt de wind op en bladert door mijn dromen. De genade van dromen: dat die, als enige, vergeetbaar voor mij zijn.

Mijn vader heeft zijn sporen in de stad nagelaten. Hij is net als ik op zoek naar Lily (niet te verwarren met Marleen, die een moffenhoer was). Hij werd dik van verdriet. Daar kon die andere vrouw niets aan veranderen. (Zou ze hem expres vetgemest hebben?)

Je ging het verkeerde pad op, Wouter. In plaats van samen met mij de machinerie van het heelal te bestuderen werd je lid van een atletiekclub. Met iedere seconde die je harder liep werd je zichtbaarder, meer vatbaar voor de wereld. Het verbaasde me niet dat je plotseling tot stilstand kwam, tot 0 gereduceerd werd.

Een 0 zijn, moeder van alle getallen. 0 – benul.
1
  2
    3
      4
       5
         6
           7
            8
              9

Wat staan ze daar te pronken in de ochtendzon,
klaar om zich in alle mogelijke avonturen te storten.
Zo ontspringen ze de dans van de vastgelegde
betekenissen!

Door woordgebruik leeft de mensheid in een wolk
van misverstanden. Zo moet het begrip woordblind
dan ook begrepen worden: het zijn de woorden die
ons blind maken.

Een paar bruine sokken, achter in mijn kast gepropt,
met door haar gemaasde hielen; rechthoekjes van
een lichtere kleur bruin. Nauwkeurige steekjes. Ik
zie hoe ze de sok om de maasbal heen stulpt en de
naald en draad erin steekt, doortrekt en dan dezelfde
handeling in omgekeerde richting uitvoert. De kennis
van het mazen zetelde in haar handen. Ze keek de
gang in. Op de radio werd een programma voor
zieken uitgezonden. 'De Zonnebloem'. Ziekmakende
vrolijkheid. (Deze herinnering krijgt van mij een 8-.)

Beaufort begon op zijn zestiende aan een
meteorologisch journaal dat hij *tot aan zijn dood
bijhield*. Dit is zijn werkelijke biografie (nimmer
gepubliceerd natuurlijk). Zijn dagboeken schreef
hij in geheimschrift. De politie beweerde dat ze de
code gekraakt had en dat Beaufort drie jaar lang een
verhouding met zijn zuster Harriet gehad zou hebben.
Leugens, bedoeld om hem zwart te maken, een
silhouet te maken van dat nobele fiere profiel (dat mij
aan het jouwe doet denken).

Wouter
Terrein
Reinheid
Heideveld
Veldloop
Loopster
Sterrenwacht
Wachttoren
Rendier
Dierenriem

– (verder uitwerken). Laatste woord: Beaufort.
Woorden in reidans.

September 1951. Een zondag. Ik ging bij je op bezoek
omdat ik mijn handelsrekenboek op school had laten
liggen en het jouwe wilde lenen. Maar je was niet
thuis. Je was naar een atletiekwedstrijd in Amersfoort.
Je moeder vroeg of ik wilde blijven wachten tot je
thuiskwam. Je vader zat aan zijn bureau te werken. De
plooien achter in zijn grijze colbertjasje veranderden

bij iedere beweging van zijn schouders van positie, trokken nu eens schuin naar rechts, dan weer omhoog naar links. Je moeder droeg een grijze zomerjurk bedrukt met rozen die door het vele wassen verbleekt waren, alsof ze zich wilden aanpassen aan haar bleke huid. Ze speelde piano. Ik probeerde niet naar het toetsenbord te kijken, bang dat het stuk zich in mijn handen zou nestelen en ik me opnieuw te kijk zou zetten. Natuurlijk vroeg ze na verloop van tijd of ik iets voor haar wilde spelen. Ik kan niet spelen, zei ik. Ze lachte, geloofde me niet. Maar het was de zuivere waarheid.

Toen je thuiskwam had je je record op 10.9 gebracht. Op je linkerschoen – bruin met grof stiksel rond het leer van de wreef – zat wit uitgelopen een spetter duivenkak. Had je je schoenen per ongeluk buiten laten staan? Iedereen was blij en ik deed alsof ook ik deelnam aan de algemene vrolijkheid. Buiten losten schapenwolkjes op, het licht werd gedimd (door de draaiing der aarde).

Ze vroegen of ik bleef eten. Mijn vader was weer eens niet thuis.

Boerenkool met worst. Jij maakte een kuiltje midden in je bord stamppot en je moeder goot dat vol met jus (vetbelletjes dobberden onrustig rond). Ik verklaarde dat ik dit niet eten kon. Of ik niet van boerenkool hield? Ik verklaarde dat ik nooit geprakt eten at. Dat dat onzuiver was. Je mag de verschillende onderdelen van een gerecht niet vermengen. Dat leek mij heel logisch, maar je vader keek me afwijzend aan, je moeder stond op en smeerde een boterham met pindakaas voor me. Je vader: 'Wil je de boter en de pindakaas niet liever ook apart?'

DE SCHAAL VAN BEAUFORT

Ik ben niet zorgvuldig geweest in mijn vroegere weergave van de schaal van Beaufort (waarvoor mijn excuses). De eerste schaal was gebaseerd op de windkracht zoals hij die op zijn fregat Woolwich afleidde uit de toestand der zeilen en de snelheid van zijn schip.

0	Kalm	
1	Lichte lucht	Net voldoende om te sturen
2	Lichte bries	Volle zeilen, volledig uitgerust, kalme zee, 1 tot 2 knopen
3	Kalme bries	3 tot 4 knopen
4	Bescheiden bries	5 tot 6 knopen
5	Frisse bries	Wat een goed uitgerust schip net kan dragen met volle zeilen
6	Sterke bries	Enkelgereefd topzeil, etc.
7	Kalme wind	Dubbelgereefd topzeil, etc.
8	Frisse wind	Driemaal gereefd topzeil, etc.
9	Sterke wind	Dicht gereefd topzeil, etc.
10	Volle wind	Wat een schip kan dragen met dicht gereefd topzeil, en gereefd voorzeil
11	Storm	Wat een schip dwingt tot het voeren van stormzeilen
12	Orkaan	Wat een schip kan dragen zonder zeilen.

Beaufort keek naar het *schip*, hoe dat reageerde op de wind. De ziel van de wind kreeg hij zo niet te pakken. Hij had het over de zichtbare gevolgen van *windkracht*, niet over *windsnelheid*. Het begrip 'windsnelheid' ontstond pas na de uitvinding van de windmeter. Zo bepaalt de stand van de techniek op een gegeven moment de vorm die natuurkundige verschijnselen aannemen.

Je beweerde dat onze ontmoeting na al die jaren toevallig tot stand was gekomen. Maar dat is natuurlijk uitgesloten. Dat wij vaak de oorzaken niet kennen, wil nog niet zeggen dat we lichtvaardig met de gevolgen mogen omspringen! Ik noem zo'n voorval: de *voorafschaduwing* van de Wet van Beaufort.

Ik kan mijn herinneringen niet afbreken, zoals een normaal iemand. Te vergelijken: hoe eten in onze spijsvertering wordt afgebroken en opgenomen in het lichaam zonder dat wij ons de afzonderlijke spinazieblaadjes of gelubde vetrandjes van een karbonade nog hoeven te herinneren. Ik herinner me die wel. Mijn herinneringen belemmeren mijn uitzicht, zoals deze rij populieren als ik uit het raam kijk (vrij nauwkeurige windmeters overigens voor een geoefend oog als het mijne).

De blik wordt door de boomstam tegengehouden. Wat zich achter de stam bevindt is punt van speculatie: een doosje met grammofoonnaalden (His Master's Voice), een tandenborstel (geel) met wijd uitstaande haren, gras in nader te bestuderen formaties, een mestkever (al dan niet op de rug gerold). Etc.

Om aan deze onzekerheid een eind te maken moet ik de boom voorbij, tot mijn ogen opnieuw op een obstakel stuiten dat mijn blik het uitzicht belemmert en zo mijn gedachten weer *de vrije loop* laat. Hoe meer beletsels voor mijn blik, hoe losbandiger mijn gedachteleven.

Ik druk me niet nauwkeurig genoeg uit. Ik zal het tekenen

In jouw gezelschap heb ik me altijd veilig gevoeld. We zwegen meer dan dat we met elkaar spraken, is het niet? Waar is die oude zekerheid gebleven? Zijn we er te oud voor geworden? Wat is er gebeurd? Waar is alles gebleven?

Misschien is het waar. Dat van Beaufort met zijn zuster. Maar met zijn moeder! – nota bene de vrouw van een dominee en hugenoot die als een van de eersten een gedetailleerde kaart van Ierland ontwierp – nee, dat nooit. Geen haar op mijn hoofd!

EN GROS & EN DETAIL

Voorlopig ben ik nog detaillist. De geringste windverschillen worden door mij gemeten en in kaart gebracht. Het is de vraag of me de tijd gegeven zal worden om de wetmatigheid in al deze grilligheden te ontdekken, en gros te kunnen denken (was mijn hoofd daar maar voor een enkel ogenblik leeg en stil genoeg voor).

HALF ELF, BLOOKERTIJD

NEE:

VOOR ALTIJD BLOOKERTIJD

(helemaal nu de fabriek gesloten is en de cacaobussen in de loop der jaren in uitdragerijen zullen gaan opduiken, als blikken overblijfsels van een verdwenen verleden, van een verdwenen vrouw.)

Mijn hoofd staat hier niet langer naar. Ik voel me zwaar, zwaar en ziek. Beaufort, rol deze papieren na lezing op en stop ze in een fles. Ga naar zee en geef die fles prijs aan de golven. Zo wil ik gewiegd worden door de enige die mij nog wiegen kan.

(wordt vervolgd)

Wat moest ik met deze verwarde tekst aan? Het abnormale heeft me nooit getrokken. En dit was abnormaal, het werkterrein van psychiaters. Ik voelde in het begin geen enkele behoefte om Vrasdonk te schrijven. Toch deed ik dat tenslotte wel.

Geachte heer Vrasdonk,
Dank voor het toezenden van de teksten van Max Veldman. Herinneringen of verzinsels, vraagt u zich af. Verdichting of Waarheid. Vaak is de grens moeilijk te trekken, maar dat geldt ook voor de door u gebezigde termen 'waansysteem' en 'schizofrenie', waarmee u probeert Max' ziektebeeld vast te leggen.

U gaat ervan uit dat ons denken geheel van ons is. Maar zoals een cel in ons lichaam geen weet heeft van het orgaan waarvan hij deel uitmaakt en dat zijn activiteiten stuurt, zo is ons denken misschien afhankelijk van een onbekende instantie, die Max ergens in de hoogste luchtlagen situeert. Wind als beeld van eeuwige verandering. Waarom niet?

Misschien zijn zijn teksten een afspiegeling van die situatie. In ieder geval zouden ze u aan het denken moeten zetten, aan een heroverweging van uw definities en andere door u gehanteerde beschrijvingsmodellen.

Met vriendelijke groet,
Wouter van Bakel

Het klonk misschien allemaal een beetje bitser dan ik het bedoelde. Maar de gemakzucht die sprak uit de gebruikte terminologie irriteerde mij. Ze probeerde Max tot een inwisselbaar 'geval' te maken. Want ondanks alles bleef hij mijn vriend, een vriend zoals ik nooit meer zal krijgen.

Voor Max was ik veranderd in Beaufort, een Engelse admiraal uit het begin van de negentiende eeuw. Diepliggende ogen, een fikse neus en vastberaden mond. In niets leek hij op mij. Je kon met recht zeggen dat Max en ik uit elkaar waren gegroeid. Maar toch; het verleden laat je niet zo gemakkelijk los. Ik bekeek een klassenfoto, gemaakt toen wij in de zesde klas van de Hoofdwegschool zaten. Hij is op de speelplaats genomen. De meisjes zitten vooraan, op een lange lage bank uit het gymnastieklokaal, de jongens staan erachter, Max helemaal links, zijn gezicht half in de schaduw, misschien van de bladeren van de grote kastanjeboom op het schoolplein. En zoals gewoonlijk kijkt hij weer omhoog, naar iets buiten het kader van de foto. De licht naar binnen buigende schoolwand van gemetselde gele zandsteen – op de foto donkergrijs – rijst streng achter ons op. Amsterdamse School: grote muurvlakken, kleine hooggeplaatste ramen. De Hoofdwegschool deed aan een fort denken. Ik realiseerde me dat ik de namen van de meeste kinderen vergeten was. Naamloze gezichten, gehoorzaam in de lens van de schoolfotograaf turend, niet bang maar ook zonder hoop. Geslagen zagen ze eruit.

Ik belde dokter Vlaar voor een afspraak, het was een maand geleden dat ik bij hem was geweest. Ik wist niet goed wat ik tegen hem moest zeggen. Alle symptomen waren verdwenen, mijn ziekte kwam me denkbeeldig voor, een herinnering tussen andere herinneringen, even vaag en zonder substantie.

'Geen klachten meer dus,' zei dokter Vlaar. Op zijn spitse kin zat een pleister. Hij moest zich bij het scheren gesneden hebben. Een dokter met een pleister, het was natuurlijk heel normaal, maar toch moest ik er inwendig om lachen.

'Wat mij betreft kunt u weer aan het werk,' zei hij.

Ik knikte, gaf hem een hand en liep naar de deur.

'U loopt weer volkomen normaal,' klonk de stem van de dokter in mijn rug.

Op de Kleverlaan keek ik naar de over straat waaiende herfstbladeren. Sommige hadden zich, donkerbruin en van vocht verzadigd, aan de straattegels vastgezogen. Windkracht 4 schatte ik.

Het sportterrein lag er verlaten bij, het houten Kleverparkbad rechts achterin was voor het seizoen gesloten. Hier ergens had de benaming gras ten gevolge van mijn trage gang haar betekenis verloren. Ik zag dat iedere grasspriet los van de andere bestond. Weerloos staarde ik een duizelingwekkende naamloze wereld in, niet langer door woorden of begrippen beschermd tegen haar afzonderlijkheid. Opnieuw stond ik stil en keek door de mazen van het hek naar het kortgeschoren gras. Ik kon niet meer naar dat moment terugkeren, dat zowel een moment van inzicht als van afschuw geweest was. Ik wilde me niet opnieuw aan al die details overgeven. Je moest en gros leven, om een term van Max te gebruiken. In het tempo van de anderen. Misschien dat ik daarom sneller begon te lopen en tenslotte zelfs overging in een lichte looppas, weg van de plek die zich eens als een gat in de wereld van de begrippen voor mij had geopend.

Een lichte looppas. Langzaam verhoogde ik het tempo. Ik stak de spoorbaan over, in de richting van Bloemendaal. Vrouwen met boodschappentassen keken me nieuwsgierig na. Waarvoor die haast? Mijn conditie viel me mee, geen spoor van verzuurde benen. Alleen oppassen voor al die bladeren, nat en glad van de regen die die nacht gevallen was. Ik keek naar de uitgebloeide tuinen van de villa's die ik passeerde. De wereld trok aan mij voorbij en ik maakte er in looppas deel van uit. Ik hoefde nergens aan te denken, mijn benen gehoorzaamden me weer net als vroeger. Een ogenblik overwoog ik weer aan atletiek te gaan doen.

Bij een withouten uitspanning op de splitsing van de weg naar Bloemendaal en Overveen ging ik naar binnen. Een vrouw was aan het stofzuigen, zette de Hoover uit toen ik binnenkwam. De grijze stofzak aan de stang zeeg ineen. Ik bestelde koffie en ging aan de leestafel zitten. Daar lag alleen *De Telegraaf*, de krant die mijn vader verfoeide omdat ze 'fout' was geweest in de oorlog, maar die door de klanten in de sigarenwinkel gewoon 'de krant' werd genoemd. 'Een pakje Old Mac en de krant graag', hoe vaak hoorde je dat niet.

De koffie was lauw, moest al geruime tijd geleden gezet zijn. 'Nederlandse bus stort in ravijn' luidde de kop van het openingsartikel.

'Mag ik even bellen?' vroeg ik aan de vrouw die me de koffie had gebracht en nu achter de bar servetjes voor de lunch stond te vouwen. Ze wees naar een hokje naast de deur waarboven in ranke witte schrijfletters 'Toiletten' stond geschilderd.

Ik trok de deur van de cel achter me dicht, gooide een kwartje in de gleuf en belde het nummer van De Trekvogel. Een mij onbekende meisjesstem.

'Mag ik Hans Kroon?'

'Die is er niet, meneer,' zei het meisje.

'Vanwege het ongeluk.'

'Hij zit in Spanje, ja. Kan ik een boodschap aannemen?'

'Ik ben Wouter van Bakel. Ik werk bij De Trekvogel. Ik ben een tijd ziek geweest. Zegt u maar tegen meneer Kroon

dat ik maandag weer op mijn werk kom.'
 Het meisje zweeg even.
 'Neem me niet kwalijk,' zei ze, 'ik ken u niet.'
 'Ik ben reisleider op een van de bussen.'
 'Dan hebt u geluk gehad.'
 'Ik weet het,' zei ik.
 'Alle reizen zijn tot nader order afgelast.'
 'Dan bel ik later nog wel.'
 Ik legde neer en liep terug naar de leestafel van het café.
 Vier doden en zeven zwaargewonden, onder wie K.J., de chauffeur. Klaas Jol, die zich bij aanvang van iedere busreis voorstelde als: 'Ik ben uw chauffeur. Met Klaas Jol aan de rol, altijd lol.' Ik rekende af en liep naar buiten. Ik had geen zin meer om hard te lopen. Ik was voorlopig vrijgesteld van werk, het gaf me het gevoel dat ik de richting kwijt was. De bus was in beslag genomen. De Spaanse politie vermoedde dat er een mankement aan was of dat de bestuurder in slaap was gevallen. Dat laatste leek me niet onwaarschijnlijk. Kroon liet zijn chauffeurs veel te lang rijden.

De herfst begon vroeg dat jaar. Bijna iedere dag regende het. Dagenlang was de hemel bedekt met een loodkleurige deken. Geluiden smoorden, mensen haastten zich met paraplu's en opgezette kragen over straat, mijn moeder belde om te vragen of ik boerenkool kwam eten.
 Net die dag stormde het zo hard dat de bovenleiding op het treintraject tussen Haarlem en Amsterdam het begaf. Ik belde dat ik niet kon komen en tornde tegen de wind (minstens 9 Beaufort) terug naar huis. De panden van mijn regenjas flapperden achter me aan. Hier en daar rolde een herenhoed de straat over. Wat er nog aan bladeren restte, zou nu in één nacht worden afgerukt. Op het Bolwerk liep ik

tussen vervaarlijk krakende bomen. Er zouden er hier zeker een paar sneuvelen vannacht.

Thuis zette ik de radio aan, maar behalve berichten over ontwortelde bomen, kapotte bovenleidingen en een paar afgewaaide daken werd er geen melding van calamiteiten gemaakt. De dijken zouden het deze keer houden, zei een expert met een verkouden stem. De storm zou in de loop van de nacht in kracht afnemen tot 8 op de schaal van Beaufort; stormachtige wind met een snelheid van 17,2 tot 20,7 meter per seconde. 5.8 of 4.8 seconden voor 100 meter, een onmenselijk snelheid.

Altijd als ik met storm in bed lag voelde ik me weer een kleine jongen, veilig in de beschutting van het ouderlijk huis. Ik hoefde alleen maar op mijn blote voeten de gang door om bij de slaapkamer van mijn ouders te komen. Maar deze nacht niet. Koude tocht streek langs mijn nek en mijn gezicht. Gezond van lijf en leden. Maar eenzaam. Het idee om weer aan atletiek te gaan doen leek me plotseling volstrekt absurd. Er was geen weg terug. Maar hoe ik vooruit moest, wist ik ook niet.

Toen de volgende ochtend de telefoon ging, dacht ik dat het iemand van De Trekvogel zou zijn. Of ik weer kwam werken. Het was Vrasdonk, de psychiater. Via Tania was hij aan mijn nummer gekomen, zei hij. De lijn kraakte. Zo nu en dan ebde zijn stem in de verte weg. Maar ik begreep wat hij mij tussen alle storingen door vertelde. De uiterste consequentie. Jezus, zei ik.

'U krijgt een kaart,' zei Vrasdonk. 'Ik heb uw adres aan zijn vader doorgegeven.' Geen woord van condoleance. Ik was woedend toen ik de telefoon neerlegde. Woedend op Vrasdonk, maar vooral op Max.

Een paar uur later belde ik de psychiater terug.

Max was hem in het donker gesmeerd. Hij moest dwars door de duinen zijn gerend tot hij aan zee kwam.

'Westerstorm,' zei ik.

'Hoe bedoelt u?' vroeg Vrasdonk.

'Dat hij tegen de wind in is gelopen.'

Op de overlijdenskaart stond zijn naam voluit: Maximiliaan Johannes Veldman. Tot ons intense verdriet. Niet de minste aanwijzing over de doodsoorzaak. De kaart was ondertekend door Leo Veldman en Lily Featheringill. Lily. Die naam was ik tegengekomen in 'De wet van Beaufort'. Dat moest de moeder van Max zijn, de moeder die met een Canadees was meegegaan en zo te zien met hem was getrouwd. Ik was benieuwd of zij twee dagen later aanwezig zou zijn op de begrafenis in Driehuis Westerveld.

De wet van Beaufort. De wet die alle uitzonderingen op elke regel zou onderbrengen in één allesomvattend systeem. Een waansysteem, volgens psychiater Vrasdonk. Volgens Max een wonder van eenvoud. Ik zag Max' witte kamer met de aan draadjes neerhangende thermometers, de lispelende groene populieren achter zijn rug. Nu zwegen de ontbladerde populieren. Arme Max. De machinerie van het heelal had hem tenslotte vermalen. Hoe kon iemand zo ver van de werkelijkheid verwijderd raken? Hij moest in het donker door weilanden en duinen tegen de storm opgetornd zijn, zoals in die nacht in 1953 tijdens de watersnoodramp, toen hij op zijn eentje de storm in het Vondelpark had getrotseerd. Helemaal alleen en met de wind striemend in zijn gezicht. Tot hij tenslotte de branding hoorde, de golven waardoor hij gewiegd wilde worden. Verdrinken moest een gruwelijke dood zijn. En moed was er ook voor nodig om je in dat brullende schuimende gat te storten, de moed der wanhoop.

In de aula was maar een handvol mensen aanwezig. Psychiater Vrasdonk, Dexter Fulham en een verpleegster van Vogelenzang, die haar rattenkop onder een zwarte muts verborgen hield en een bosje anemonen in haar hand had. En dan was daar Leo, Max' vader. Het midden van zijn hoofd vertoonde een ronde kale plek. Hij droeg een lange zwarte winterjas en een grijze sjaal. Een ouderwetse jas met grote lapellen. Geen bloemen in zijn hand. Wel een krans op de kist. Die was niet van hem, maar van mij. 'Adieu – Beaufort' stond erop. Naast Leo ging een vrouw met een donkerblauwe hoofddoek zitten. Ik nam ergens in het midden op een hoek plaats. Die vrouw moest Lily zijn. Ze boog zich naar Leo over en zei iets tegen hem. Hij knikte en pakte haar hand vast. Achter mij begon een orgel te spelen. De uitvaartleider stond naast de kist, zijn hoed tegen zijn betreste jas gedrukt.

De muziek was afgelopen. Achter de orgelpijpen klonk een korte kuch. De kraai naast de kist verroerde zich niet. Ik keek naar de eerste rij. Leo noch Lily maakte aanstalten om naar het spreekgestoelte met het glaasje water te lopen. Ook Vrasdonk bleef roerloos zitten. Achter de kist schoof ritselend een gordijn open. Vier dragers traden naar voren, namen even hun zwarte hoed af, draaiden zich een slag om en tilden de kist op hun schouders. De begrafenisondernemer gaf Leo en Lily met zijn zwart gehandschoende hand een wenk.

Zo zette die kleine stoet zich in het gure herfstweer in beweging. Ik liep achteraan. De weg voerde naar boven, langs grafstenen en urnen. Het pad lag bedekt met een dikke laag bladeren. Schoenen slisten erdoorheen. Vrasdonk droeg als enige een lichte, camelkleurige jas. Hij bleef staan en wachtte tot ik naast hem kwam lopen.

'Gecondoleerd,' zei ik.

'Dank u, u ook.' Hij zweeg even. 'Wie had dit gedacht?'

'Dat zijn liefde voor de wind hem tot hier zou voeren,' zei ik.

'Een hond heeft hem op het strand gevonden. Niet ver van Parnassia.'

'Een hond?'

'Een man die zijn hond op het strand uitliet, 's morgens vroeg. Hij was toen al een paar uur dood.'

'De wet van Beaufort,' zei ik. 'Weet u wat hij daar precies mee bedoelde?'

'Die wet bestaat niet,' zei Vrasdonk. 'Behalve in zijn hoofd. En nu dus ook daar niet meer.'

'Het zat te vol,' zei ik, 'dat hoofd van hem.'

Het gezelschap vormde een halve cirkel rond het vers gedolven gat in de grond. Ik keek naar de vrouw naast Leo. Het was of mijn hart een paar slagen oversloeg. Daar stond Max, Max als meisje. Ik kneep mijn ogen stijf dicht, deed ze weer open. Nee, ik had me niet vergist. Maar Max was toch enig kind?

De verpleegster met het rattenkopje legde het bosje lila anemonen naast mijn krans. Ik zag dat ze zich afvroeg wie die Beaufort kon zijn. Een van de aanwezigen? Ik zag haar verstolen rondkijken. Dexter Fulham kwam naast mij staan. Hij wilde net iets zeggen toen de uitvaartleider zijn zwarte hoed afnam en om een ogenblik stilte verzocht. Iedereen boog het hoofd. Ik keek omhoog, tussen de kale boomstammen de loodgrijze hemel in.

Daarboven stormden de straalstromen. Vierhonderd kilometer per uur. Toen de uitvaartleider zijn hoed weer opzette legde Dexter zijn hand op mijn schouder.

'Hoe gaat het?'
'Goed. Ik ga binnenkort weer aan het werk.'
'Dat doet me plezier. Triest van je vriend.'
'Ja,' zei ik.
'Dan ga ik maar weer eens.'
'Goed dat je gekomen bent.'
'Keep going.'

Dexter liep met verende pas voor ons gezelschap uit. De begrafenis was voor hem niet meer dan een voorval te midden van andere voorvallen. Ik stak een sigaret op. Maar Max was toch enig kind?

Veel te veel koffie, veel te veel bleke kruimelende plakjes cake in een ruimte met een laag schotjesplafond en een mokkabruin modern wandkleed vol loshangende draden, alsof iemand bij het uithalen ervan gestoord was. Leo kwam op mij af, de jonge vrouw bleef tegen een pilaar geleund staan. Diezelfde borende blik, de wat bolle wangen en volle lippen, het hoge voorhoofd. Max als meisje.

'Gecondoleerd,' zei ik.

Leo schudde mij de hand. 'We hebben het niet goed gedaan,' zei hij.

'Schuldgevoel heeft nu geen zin.'
'Maar toch.'
'Er was geen kruid tegen gewassen,' zei ik.
'Waartegen niet?'
'Tegen de wet van Beaufort.'
'Ik dacht al dat die krans van jou was, Wouter. Mag ik je aan mijn dochter voorstellen?'

Hij trok me aan mijn mouw mee naar het meisje dat haar

kopje koffie op een rond tafeltje neerzette toen ze ons op haar af zag komen. Ze schuierde wat cakekruimels van haar vingers voor ze me een hand gaf. Niet dezelfde stem. Gelukkig niet. Ze zag mijn verbaasde blik.

'Ik ben Mara,' zei ze. 'Max' halfzusje.'

Ik knikte, kon zo gauw geen woorden vinden. Leo zag mijn verlegenheid.

'Kom,' zei hij, 'hier valt toch niets meer te doen. Als je zin en tijd hebt kun je met ons meerijden. Ik zou graag nog een paar dingen met je bepraten.'

Ik liep achter hen aan naar het parkeerterrein. Max als meisje. Ze droeg zwarte rijglaarsjes en liep op haar tenen om de plassen te ontwijken. Onder haar donkerblauwe strakke mantel bewogen een paar zeer vrouwelijke heupen.

In de Volvo zat ik naast Mara. De brede kraag van haar jas rook naar lelietjes-van-dalen. Ik durfde haar niet aan te kijken. Ze voelde mijn ongemakkelijkheid.

'Toen Leo met Lily getrouwd was, kreeg hij een verhouding met mijn moeder. Toen Lily naar Canada ging heeft hij die verhouding met mijn moeder weer aangeknoopt.'

'Je moeder zul je bedoelen,' zei Leo. Zijn nekharen staken grijs en plukkerig boven de rand van zijn das uit.

'Wat maakt het uit,' zei Mara.

'Maar de moeder van Max?' zei ik. 'Lily?'

'Die was er in de oorlog achter gekomen.'

'Ik heb het Lily zelf verteld,' zei Leo toonloos.

Ik knikte dat ik het begreep. Lange tijd was het stil.

Vanuit Haarlem reden we over Badhoevedorp in de richting Amstelveen. De polders lagen er uitgeput bij. Sommige kassen waren hel verlicht. Daar werden waarschijnlijk bloemen gekweekt. Ik zag het bordje Ouderkerk. Even later reden we langs de Amstel. We gingen toch niet naar de fabriek? Nee, we reden de andere kant op, over de brug langs de kerk van Ouderkerk tot we op een dijk langs de rivier uitkwamen. Het water stond hoog. Bij een stenen dijkhuis van twee verdiepingen zette Leo de Volvo stil.

Mara stapte uit met een vastberadenheid die verried dat ze hier vaker was geweest.

'Hier woon ik sinds ik weg ben bij Blooker,' zei Leo.

'De fabriek is gesloten,' zei ik.

'Erger nog, ze zijn hem aan het afbreken,' zei Leo. 'Niks geen Blookertijd meer.'

De benedenverdieping van het dijkhuis was donker en laag, de dwarsbalken in het plafond waren zwart geteerd. Leo stak een schemerlamp aan, Mara verdween naar de keuken om koffie te zetten. Aan de muur boven het dressoir hing ingelijst het silhouetkopje van de vrouw met het wipneusje en de fijne krulletjes. Op het dressoir prijkte de Droste cacaobus die ik me uit de Curaçaostraat herinnerde. Leo zag dat ik ernaar keek. Er hing verdriet in de kille kamer. Daarom was het praten over cacaobussen een uitkomst. Leo pakte de Drostebus en zette hem tussen ons in op tafel.

'Op de eerste Drostebussen houdt de verpleegster niet zo'n zelfde bus op het dienblad. Wel een bus, maar niet met zichzelf erop. En op die witte band rond haar verpleegstersuniform stond eerst een rood kruis. Maar dat verdween na 1914 op verzoek van het Rode Kruis. Ze zag er ook anders uit vroeger, kinderlijker. En ze hield de pink van de hand die het dienblad ondersteunde gestrekt en niet gebogen zoals op deze bus. Het was een ingeving om haar op die bus terug te laten keren, steeds kleiner. Ik weet niet meer waarom. Er werd later heel diepzinnig over gedaan: het Droste-effect.'

Mara kwam met de koffie binnen. Ook zij hield een dienblad in haar handen. Ze deelde de kopjes rond en ging tegenover mij zitten, aan de korte kant van de tafel. Buiten werd het nu snel donker. De rivier verschool zich achter de dijk waar wij tegenaan keken. Er werd niets gezegd. Mara keek langs mij heen, nam een laatste slok koffie en stond op.

'Ik ga nog even een eindje om,' zei ze. Toen ze de piepende huiskamerdeur achter zich had dichtgetrokken stond Leo op en liep naar het raam. Het praten ging hem beter af als hij met zijn rug naar degene toe stond tot wie hij het woord richtte. Aan weerszijden van het raam groeiden twee knotwilgen. De bovenste dunne scheuten bewogen licht in de beschutting van de dijk.

'Tot zijn vierde sprak Max niet. Lily en ik dachten dat er iets met hem niet in orde was, maar de dokter kon niets vinden. En toen opeens begon hij te praten. Meteen in vloeiende volzinnen. Lily vroeg waarom hij niet eerder zijn mond had opengedaan. Er viel niets te zeggen, zei hij toen. Er viel niets te zeggen. We hadden het toen al kunnen weten.'

'Ik denk het niet,' zei ik.

'Maar hoe is het dan gekomen?' De stem van Max' vader klonk wanhopig, smekend bijna. Hij wilde een antwoord van mij hebben, iets om dat gat in zijn ziel mee te vullen.

'Hij is onder zijn herinneringen bezweken, hij kon niets vergeten.'

'En ik die dacht dat hij daarom bijzonder was, voor een grote toekomst bestemd.'

'Max was ook bijzonder. Maar hij had geen zicht op de wereld. Hij kon zijn herinneringen niet afbreken, zoals hij zelf zei. Op het laatst belemmerden ze zijn handelingen, kon hij geen kant meer op.'

'Het is allemaal mijn schuld,' zei de man voor het raam. Zijn schouders onder het loshangende grijze jasje hingen. 'Eerst heb ik zijn moeder bedrogen en toen heb ik hem in de steek gelaten. Ik stortte me totaal op mijn werk en op Anna en Mara. Het ergste is nog wel dat hij nooit geweten heeft dat hij een halfzusje had. Ik dacht dat het beter was als ik dat voor hen beiden verzweeg.'

'Hij wist dat u een andere vrouw had.'

Leo draaide zich om. Toen hij door de lichtcirkel van de schemerlamp liep zag ik dat hij gehuild had. Hij ging aan tafel zitten, sloeg zijn benen over elkaar. Ik bood hem een sigaret aan.

'Hoe is zijn halfzusje eronder?'

Hij haalde zijn schouders op. 'Ze weet het pas een paar dagen. Het moet een schok voor haar zijn.'

Zou ze weten hoeveel ze op Max leek? Had Leo haar ooit een foto van hem laten zien? Ik betwijfelde het.

'Na mijn ontslag bij Blooker heb ik dit huis gehuurd. Ik kon het alleen krijgen als ik het baantje van veerman overnam. De vorige veerman was net overleden.'

Hij zag dat ik hem niet begreep.

'Achter de dijk ligt een veerpontje. Dat vaart iedere dag heen en weer over de rivier. In de polder wonen mensen die naar de overkant willen, de stad in. Alleen op zondag heb ik vrij. Dan ging ik naar Max. Maar hij zei nooit iets. Het was net als in het begin. Ik probeerde zijn gedachten van zijn gezicht te lezen, maar zijn gezicht was volstrekt leeg.'

'Omdat zijn hoofd te vol zat,' zei ik.

'Met wind.'

'Met het onzichtbare,' zei ik.

Op dat moment kwam Mara binnen. En weer schrok ik van de gelijkenis. Leo moest dat toch ook zien. In ieder geval liet hij niets merken. Mara zette een papieren zak op tafel.

'Ik heb wat loempia's meegenomen van de Chinees,' zei ze terwijl ze haar donkerblauwe mantel van haar schouders liet glijden. Haar zwarte jurk was hoog in de hals gesloten. Aan haar lange magere vingers zaten geen ringen. Ze liep naar de keuken om borden en bestek te pakken.

'Ik heb geen honger,' mompelde Leo.

'Toch moeten we wat eten,' zei Mara.

Ondanks de fles rode wijn die Leo tevoorschijn haalde wilde het gesprek niet vlotten. Er was veel onuitgesprokens tussen deze twee mensen en ik voelde me niet geroepen om tussen hen te bemiddelen. Maar iets moest er toch gezegd worden. Misschien dat ik daarom over het silhouetportret boven het dressoir begon. Ik zei dat ik me dat nog kon herinneren uit de Curaçaostraat. Half elf, Blookertijd.

Leo draaide zich half om. Het portretje aan de muur was nu niet meer dan een rechthoek, het silhouet bijna niet meer te onderscheiden in het donker.

'Dat is Lily,' zei hij. 'Ik heb een foto van haar genomen en daar een silhouetportret van geknipt.'

Ik zag dat Mara dat wist. Ze strekte haar armen opzij en gaapte. Haar borsten spanden tegen de stof van haar jurk. Ze keek me met Max' ogen aan.

'Ik denk dat ik naar bed ga,' zei ze.

Leo keek op zijn horloge.

'Jij kunt ook blijven slapen,' zei hij tegen mij. 'Het is al na elven. Boven zijn slaapkamers genoeg. Zelf moet ik om vijf uur op, maar jullie kunnen natuurlijk zo lang blijven liggen als je wilt.'

Even aarzelde ik. Maar zij bleef me maar aankijken. Ik knikte.

Lange tijd lag ik wakker. Buiten hoorde ik een licht ruisen. Dat moest de rivier zijn, de Amstel die langsstroomde. Ik lag op mijn rug in een kamertje aan de voorkant. Mara had een kamer aan de achterkant en in de middelste kamer, de grootste, sliep Leo. Max' hoofd had te vol gezeten om nog verder te kunnen leven. De zee had hem meegenomen. Er stroomden tranen over mijn wangen. Al die herinneringen, al die details, die precisie: alles weggevaagd. Het zou mooi zijn als er een plek was waar alle herinneringen bewaard bleven. Als ik aan een hemel geloofd zou hebben, zou die eruitzien als een onafzienbaar museum waarin alle nuances, iedere lichtval, plooi, elke schaduw, gecatalogiseerd zou zijn; alle woorden eens gesproken.

Natuurlijk ben ik tenslotte toch in slaap gevallen. Ik werd wakker van gestommel op de gang en deed het licht aan. Vijf uur. Dat moest Leo zijn. Het veerpontje begon om zes uur te varen. Ik hoorde hem beneden lopen, de zacht fluitende ketel van het gas nemen. Ik draaide me nog eens om. Ik was doodmoe, maar mijn hoofd leek een ruimte waarin een fel wit licht was ontstoken. De machinerie van het heelal draaide verder zonder Max. Langzaam begon het te gloren. Ik keek door het dakvenster. Het grijs had plaatsgemaakt voor dikke wolken die nauwelijks bewogen. Straks zou de zon gaan schijnen. Lange tijd lag ik op mijn rug naar het voorbijdrijven van de wolken binnen de omlijsting van het dakraam te kijken. Vroeger had ik in die wolken van alles gezien: dieren, gezichten, landschappen. Nu bleven het wolken.

Ik hoorde Mara opstaan en even later het geklater van een douche. Ik wachtte tot ik haar naar beneden hoorde gaan en ging toen naar het toilet in de badkamer. Op de tegelvloer zag ik de natte afdrukken van haar voeten. Maat zes- of zevenendertig. Gebogen buitenranden, haar voetholten hadden de grond niet geraakt.

Toen ik aangekleed naar beneden ging, was Leo het huis uit. Mara zat met vochtige blonde haren aan tafel voor een mok dampende thee. Ze droeg een grijze slobbertrui en een spijkerbroek. Ze was nog niet opgemaakt. Maar dat maakte geen verschil. Integendeel. Zonder iets te zeggen stond ze op en liep naar de keuken om thee voor mij in te schenken.

'Woon jij hier ook?' vroeg ik.

'Nee, ik woon nog bij Anna. Maar niet lang meer. Anna wil hier gaan wonen. Ik niet.'

'Dat begrijp ik.'

'Het is niet wat jij denkt. Ik verwijt hem niets.'

Ik keek haar verbaasd aan.

'Hij wilde de rust niet verstoren. Hij wilde dat Max en ik ieder ons eigen leven leidden.'

'Een illusie zul je bedoelen.'

'Soms is een illusie beter dan de waarheid.'

'En nu?'

Ze keek me aan. Haar dat slordig opkrulde langs haar bleke wangen. 'Ik weet het niet. Ik weet het echt niet.'

Er welden tranen in haar ogen, die ze met een brede mouw van haar trui resoluut wegveegde.

'Jij hebt hem gekend,' zei ze. Het klonk bijna beschuldigend.

'Voorzover Max te kennen viel.'

'Waarom stond de naam van Beaufort op die krans? Die krans was toch van jou?'

Ik knikte. 'Dat is een heel verhaal.'

'Ik wil het horen. Laten we een eind gaan lopen.'

Soms twijfelde ik even of ze wel zoveel op Max leek. Maar dan maakte ze een gebaar dat sprekend leek op de manier waarop hij dingen vastpakte of aanwees. Nee, geen twijfel mogelijk.

'Dat is goed,' zei ik. 'Ik ga even naar boven mijn jas halen.'

De wind was gaan liggen, alleen nog zichtbaar in de rimpelvelden die schuin over het water van de Amstel trokken. In de verte kwam een jongen met een bakfiets schommelend over de dijk aangereden. Leo stond in het manshoge stuurhuis van het pontje. Hij rookte een sigaret. De overtocht kostte een kwartje, vermeldde een aan de reling hangend bordje. Auto's vijftig cent. Mara en ik hoefden niet te betalen. De motor van het bootje maakte nauwelijks geluid. Een elektromotor, zei Leo. Meer is hier niet nodig. Of het moet stormen, zoals van de week. Maar dan vaar ik niet.

Mara stond met haar rug naar ons toe, haar handen op de reling. Leo keek mij vragend aan. Ik knikte hem geruststellend toe.

We stapten op de steiger aan de overkant. Een ogenblik stonden we naast elkaar, Mara en ik, en keken hoe Leo terugvoer om de jonge vrouw met een kind in het zitje voor op haar fiets aan de overkant op te halen. Hij wuifde naar ons en wij wuifden terug.

Het was helder herfstweer. De rivier leek nauwelijks te stromen. Het water stond hoog.

We liepen over de dijk. Aan de ene kant de rivier, aan de andere kant weilanden waar verspreid wat groepjes schapen stonden. In een witte badkuip naast een hek golfde het zonlicht in het opgevangen regenwater. We liepen naast elkaar. De hakken van haar laarsjes tikten op het asfalt. Ik vertelde haar alles over Max, alles wat ik wist, alles wat ik me herinnerde. En die wet van Beaufort dan? Wat hield die precies in? Ik weet het niet, zei ik. Een soort verlangen naar eenvoud. Het gevoel dat je de boel onder controle hebt. Totale ordening. Een illusie, kortom. Maar allerminst de waan van een gek.

Voorbij Ouderkerk nam de bebouwing langs de dijk toe. In de verte kon je de stad al zien liggen. De paar boerderijen tussen de landhuizen en villa's zagen er oud en verwaarloosd uit. De erven lagen vol planken en stapels zwarte autobanden. Over een paar jaar zouden de boerderijen verdwenen zijn. Ik herinnerde me dat mijn vader dat gezegd had. Stadsuitbreiding. Bestemmingsplannen. Hij had die woorden gelaten uitgesproken, alsof die ontwikkeling niet te stuiten viel.

'Loop niet zo snel,' zei Mara en pakte me bij mijn mouw. Ik moest lachen.

'Je had me een maand geleden moeten zien,' zei ik.

Zo nu en dan moesten we naar de berm uitwijken als een auto ons toeterend achteropkwam. Bij Het Kalfje stonden de witte terrasstoelen nog uit. Een man met bros geknipt haar en een bril op zat, de kraag van zijn regenjas opgestoken, driftig aantekeningen te maken in een klein boekje.

Wij keken naar de eenden die vol verwachting op ons af kwamen zwemmen en zich toen na even peddelend op brood gewacht te hebben teleurgesteld verspreidden.

'Weet je waarom Leo Lily vertelde dat hij een verhouding met Anna had? Het was oorlog. Anna en Lily hadden allebei een volkstuin. Mijn moeder een bij Diemen, Lily eentje bij de Nieuwe Meer. Er was daarom in '44 nog volop voedsel bij ons thuis. Ze waren allebei trots dat ze mijn vader te eten konden geven. Dus at hij eerst bij Lily en daarna reed hij met een smoes op zijn fiets naar de 1e Van Swindenstraat en at daar nog een keer. Op den duur begon dat op te vallen. Iedereen om hem heen was broodmager, alleen hij kreeg een buikje. Liefde die door de maag ging. Toen heeft hij het op een dag opgebiecht.'

'Ook dat jij er was?'

'Nee, dat niet.'

'En weet Lily nu dat Max dood is?'

'Ik denk het niet. Leo heeft haar naam gewoon op de kaart gezet. Ik geloof dat hij niet eens weet waar ze precies woont. Toen ze ging hertrouwen en een scheiding wilde, heeft ze hem voor het laatst geschreven. Lang geleden. Waarschijnlijk woont ze daar allang niet meer.'

Langs de rivier liepen we de stad tegemoet. Er voeren bijna geen boten. Zo nu en dan viel het zonlicht in brede stroken tussen de wolken door over de in aanbouw zijnde nieuwbouwwijken van de stad. Alles zou hier binnenkort onherkenbaar veranderd zijn.

'Kijk,' zei ik en wees naar de overkant van het water.

Het torentje en de twee fabriekshallen aan de Weesperzijde waren al gesneuveld. Draglines en kranen stonden kriskras op het terrein. Eén gebouwtje stond nog overeind. Daar was de administratie in gevestigd geweest. In witte letters die over het midden van de gevel liepen stond de slagzin die Leo ooit bedacht had, de letters hier en daar half weggeschilferd, maar voor ons duidelijk leesbaar.

Mara knikte.

'Half elf,' zei ze, 'dat was de tijd die Lily boven het briefje had geschreven dat ze op de keukentafel in de Curaçaostraat had gelegd toen ze het huis verliet om met die Canadees mee te gaan.'

De man met het broshaar kwam ons voorovergebogen op

zijn fiets achterop. Hij leek haast te hebben om thuis te komen.
'Ik wil die papieren van Max graag lezen,' zei ze.
Ik had nog steeds niet gezegd hoe ze op haar halfbroer leek. Ook nu zei ik het niet.
'Dan moet je met mij mee naar Haarlem,' zei ik.
'Dat is goed,' zei ze. 'Dan doen we dat.'

Die nacht vroeg ze me of ik geen foto van Max had.
'Nee,' zei ik en sloeg mijn armen om haar heen.

Ander werk van Bernlef

Constantijn Huygensprijs 1984
P. C. Hooftprijs 1994

Sneeuw (roman, 1973)
Meeuwen (roman, 1975)
Onder ijsbergen (roman, 1981)
Hersenschimmen (roman, 1984) Diepzeeprijs 1989
Publiek geheim (roman, 1987) AKO Literatuur Prijs 1987
Eclips (roman 1993)
Verloren zoon (roman, 1997)
Aambeeld (gedichten, 1998)
Boy (roman, 2000)
Bagatellen voor een landschap (gedichten, 2001)
Tegenliggers. Portretten en ontmoetingen (2001)
Verbroken zwijgen (verhalen, 2002)
Buiten is het maandag (roman, 2003)
Kiezel en traan (gedichten, 2004)
Een jongensoorlog (roman, 2005)